GENTOSHA OUTLAW BUNKO

総理を刺す
実録・岸信介襲撃刺傷事件

正 延 哲 士

幻冬舎アウトロー文庫

総理を刺す

実録・岸信介襲撃刺傷事件

目次

第一話　いくつかの顔

1

東五郎は、いくつかの顔を持っていた。

興行プロデューサーであり、演芸界の顔役であり、自由党の院外団最高幹部であり、テキヤ関東姉ケ崎連合会と政治結社松葉会の顧問でもあった。

しかし、一番大事にしていたのは、「司法」に関わる顔である。

彼は昭和二十年代の混乱期から死ぬまで、刑余者の更生に尽くし法務大臣から委嘱を受ける保護司を続けた。それが、彼の生き様の芯の部分である。

彼は楽天家だったから、あまり先の事までは深く考えなかった。

戦争に負けて、廃墟になった東京では、食糧が不足し、庶民は飢餓線上にあった。厳しい食糧管理が続いていたから、欲しい物を求めようとすると「闇取引」である。生きていくためには、この時代に闇の食糧を求めなかった者はいない。彼も例外ではない。そうしなければ栄養失調になり、あげくの果てには餓死するのである。しかも、彼は東五郎である。昔のような贅沢は望めなくても、唐芋の葉っぱに饂飩《うどん》粉《こ》の団子汁でその日を過ごすことは出来ない性分だ。

一人だけ、「闇」に手を出さなかった東京地裁の裁判官がいた。彼は「法」の矛盾を知りながらも、「法」を守り続け栄養失調になって死んだ。「……偉い人物だ」と感嘆したが、真似をしようとは思わない。

——オレは、税金を食ってる人間じゃないからな。

東五郎は思う。

そう思いながら、彼は「法」に対する信頼を持っていた。

——「法」が無ければ、この世は闇よ。

戦前、妻の綾子がやっていた料亭『福寿草』の客だった検事たちとの交遊は、戦争中も敗戦後の混乱期も続いていた。彼らには、政治家や一般の役人とは何処か違う、厳しい生きざまがあるように感じられたのだ。

——彼らは人間として、一番不自由な厳しい道を選んだ男たちかも知れない。

と、思っていた。

東は、浅草田島町の料亭『福寿草』の焼け跡に、六畳二間のバラック建の家を作って妻子を疎開先の福井から迎えた。

当座の生活費には、妻の綾子の預金がある。

進駐軍の接収を免れた浅草『松屋デパート』横の通りには、逸早く闇市が出来た。

闇市を仕切るのは、露店商を支配してきたテキヤである。

東五郎は、たいていのテキヤの親分とは顔が繋がっていた。昔から兄弟分の山本五郎が川向こうの向島にいたのを、「はやく浅草に進出しないと、昔からの庭場（縄張り）が無くなっちまうぜ」と言って呼んだ。浅草寺界隈の街々には、戦前から東京では名の通ったテキヤがそれぞれ庭場を分けあって共存してきた。しかし、敗戦後の混乱期にはグレン隊が跋扈して、伝統的な古い仕来りは無視されがちになっている。山本は戦前派で、関東姉ケ崎一家の大幹部である。関東会という一派を率いて、関東五郎とも呼ばれていた。後に彼は、四代目姉ケ崎を継承し、関東姉ケ崎連合会を発足させた男である。山本が浅草へ来たことは、東にとって何かにつけ都合がよかった。

山本の方も、芸能界に強い一方、検察にも不思議な人脈を持つ東の利用価値は高かった。

＊

東五郎はテキヤでは無いから、自分の仕事を始めなければならない。

彼にとって、手っとり早いのは興行である。

浅草レビューから松竹の演芸課長時代を通じて多くの芸人や役者を育てていたし、戦時中も移動劇団に関係していたから、兵隊に召集されなかった者たちの消息は殆ど分かっている。

彼は、焼け残った国際劇場の地下に個人事務所を持っていた。そこへ、「アズさん、松竹映画『愛染《あいぜん》かつら』を日劇の舞台でやりたいんだが」という話が知りあいの興行師から持ちこまれた。その映画は、大病院の跡とり息子の医師津村浩三を上原謙、貧しい家庭に生まれた純情可憐な看護婦高石かつ枝をスター女優の田中絹代が演じた、空前の大ヒット作品だった。上原は田中の相手役を務めて、大スターの地位を確保出来たのである。原作者の川口松太郎は、浅草橋場の出身で東は子供のころから知っていた。

「……資金の目当ては付いてるかい」

「だいじょうぶだよ」

「ふん。空きっ腹の東京人を相手に日劇なんかで演るよりはさ、一年でも地方巡業して日本国中を一回りして来ればお大尽だぜ」と、東は言った。

「上原に、話がつきますか」

「直接の交渉はないが、妻君の小桜葉子は昔『常盤座』に出てたことがあるんだ」

「そうですか。アズさんに全部任せるから話をまとめてくれますか」

興行師は大乗気になって、仕事を始める前から分け前の相談まで進めた。

手土産を持った東が、茅ヶ崎の上原邸を訪れたのは敗戦の年の暮れに近かった。

東にとって湘南は、赤坂中学を退学になった当時、転入した湘南中学へ少しばかり通ったことがある。松竹映画の撮影所が蒲田から大船に移転していたので、馴染みの無い地方ではなかった。何処からともなく、潮騒が聞こえてくるような陽光の明るい地方で、彼も嫌いではなかった。

広い庭を持つ上原邸からは、海岸の松原や海が見えた。

案内を請うと、夫人の小桜葉子が出てきた。

彼女は気さくに、東五郎を迎えた。

知人たちの消息を話しあったあと、東が『愛染かつら』の地方巡業に出演してもらえないかと、上原謙に持ちかけると、「幾らくれるんだね」とギャラを聞く。

「幾らだったら、出てくれますか」

「うん。三千円は欲しいね」と、上原は言う。

――無茶言いやがる。

東五郎は思った。物価は毎日高くなり猛烈なインフレ状態だったが、それでも敗戦直後の三千円は大きかった。東が少し考えていると、「……相手役は、絹代さんでなきゃ嫌だねえ」と上原が言いだした。

「それは、無理です」

そのころ、田中絹代は松竹社長・大谷竹次郎の愛人だと言われ、彼女のスケジュールは社長が直接握っていた。上原も、それを知らないはずは無かった。

「それじゃ、高石かつ枝の役は、誰に演らせるの」

「上原さんは、誰を望みますか」

「そうねえ」

「……桑野通子は、どうですか」

「まあ、彼女ならねえ」

「給料は何とか交渉します。出てくれますか」

「うん」上原謙は承知した。

映画の桑野通子は、ブルジョワ娘を演じて高石かつ枝の仇役だったが、華やかな美貌のスター女優だった。戦争中に彼女は、山梨の百姓家の離れを借りて疎開して田舎暮しをつづけていた。東は上原の了解を得た足で、彼女の疎開先を訪ねて行った。

家主の案内で、桑野の住まいへ行くと、竈で飯を炊いている姉さん被りをしたもんぺ姿の女が振りかえった。顔は映画で知っているが、会うのは初めてである。

「私が、桑野でございます」

地味な服装だが、被りものを取るとぱっと華が咲いたような明るさがあった。

「上原謙と、『愛染かつら』の公演に出演してもらいたい」と、東が来意を告げると、給料は提示した通りで条件は何も付けない。

窶《やつ》れた姿だが、スターのおうようさを失っていなかった。

話をまとめて東京に帰ったが、こんどは東に口ききを頼んだ興行師が、「上原がいくら大スターでも、三千円の給料は高すぎる。まけてもらえないかね」と、言うのだ。そう言われても、一度承知して来たんだからいまさら断りには行けない。

――馬鹿にしやがって。

唇を尖らせ、不機嫌な顔で自宅へ帰った。

「あんたが、おやんなさいよ」と、妻の綾子は言う。

「……」

「一年も地方を廻ったら、元金は何倍にもなるわよ。お金出す人がいなかったら、私が出したっていいわよ」

綾子は、自分も経験があるから、地方巡業のうま味は判る。

そうこうしている内に、上原謙を主演にして別の興行師の手で『愛染かつら』の公演が決まり、東の計画は実現しなかった。

＊

東五郎の兄弟分で、戦前は村岡賢二の名前で男を売った岡村吾一は、日劇の地下に事務所を持っていた。彼は戦前から、右翼の児玉誉士夫《よしお》に兄事《けいじ》していたが、もとは上州出身の博徒である。昭和十七年九月、舎弟の一人水島伸太郎が、丸の内のジャパンタイムス社の裏の路上で有名な飛車角こと石黒彦市を射殺した事件の黒幕で、彼自身も警察の調べをうけたが、担当が右翼に繋がりのある特高警察だったから、事件との関わりをうまく潜りぬけることができた。その事件の真相は、「石黒彦市が、児玉をゆすったことから殺害を決意するようになった。私たちは共に児玉門下で、お互いに男と認めあっていた。しかし、私がやらなかったら、彼が私を殺しに来たろう」と、岡村は語っている。

敗戦の直後に児玉は自由党の資金を出した後、戦争犯罪人の一人として占領軍に巣鴨へ拘置されていた。しかし、その人脈は静かに活動を続けていたのである。岡村もその一人であり、彼は北星会という博徒の団体を組織していた。

――私は、児玉先生に兄事していたが、それによって金儲けをした事はないんだ。ロッキード事件の時、検察庁は私の周辺を詳しく調べたが、先生から私に資金が出ていないので手が出せなかったようだ。むしろ、児玉邸を新築した時に、私がいくばくかの金を持って行っていることがわかったので、容疑は一切かけられなかったんです。東の兄弟も、私が児玉先生に紹介したが、あまり深い付きあいは無かったようです。

彼は若い者を連れているわけではなく、ヤクザではありません。とにかく、愉快な男でしたよ。

と、岡村吾一は東を語る。

敗戦の当時、有楽町一帯にある東宝系の劇場は岡村の息がかかっていた。

——戦後初めて、宝塚歌劇が日劇で公演する事になった。

一番困ったのが、そのあたり一帯を根城にしているパンパン（売春婦）です。有名な楽町お時などが居たんだ。彼女たちが、行列を作って切符を買い、いい席に陣どって騒ぎたてられたら、「清く、正しく、美しく」の宝塚歌劇のイメージはめちゃくちゃですからねえ。東宝から私が頼まれて、彼女たちには特別に席を割り当てて話をつけたんだ。それ以来、宝塚の楽屋へ、私だけはフリーパスです。

岡村は、後に起こった東宝映画の争議でも、和解の口をきいて労働組合側からも評価されているという。

そのころ東五郎も、日劇から目と鼻の先にある有楽町の東京宝塚劇場の仕事をしていた。

当時、東宝劇場はアーニーパイル劇場と呼ばれて、占領軍専用だった。そこへ、ジャズメンや踊り子などの芸人を入れるのである。

——興行関係の仕事は、アーニーパイルが最後でしたね。

と、東五郎の妻綾子は語る。

アーニーパイルの仕事は確実な利益を上げたが、そんなに大儲けが出来たわけではない。しかし、アメリカ占領軍に関わる仕事は、何かと別のメリットがあった。それに、戦時中の移動劇団の関係で、財界の藤山愛一郎や彼の弟田中元彦とも親しかった。新橋の料亭元田中の女将と藤山財閥の創始者藤山雷太との間に生まれた田中元彦は、アメリカの大学を出て占領軍関係者にも知人が多く、日本国内でナショナル金銭登録機を販売する会社を持っていたから、敗戦当時の東五郎にとっては貴重な友人だったのである。

2

六区の興行街がほとんど戦災をまぬがれたので、敗戦当時の浅草は無法者の戦場になっていた。

浅草寺から六区の間にかけて、逸早く庭場を拡大していたのは関東丁字家佐橋一家二代目の芝山益久である。それに朝鮮系が加わって、古いテキヤの庭場を侵食していった。そのあたりは、もともと姉ケ崎一家や甲州家などの稼業場もあったので、松屋デパート横に事務所を持って浅草に帰ってきた姉ケ崎の山本五郎と芝山の抗争が起こった。テキヤは闇市を支配することで勢力を拡大していたが、敗戦によるモラルの混乱は彼らの社会にも及び、少し隙を見せると親分だろうが兄貴分だろうが若い命知らずのグレン隊の餌食になった。もと大相撲にいたこともある山本は、持ち前の馬力で若い者を糾合して浅草の失地を回復し姉ケ崎一家の四代目になった。

そのころ、闇の社会に最大の勢力を築いたのは、土建業を資金源とする関根賢の関根組である。配下はおよそ三千人といわれ、組員の背広の襟には組のバッジが光っていた。そのバッジは威力があって、何処の闇市でも恐れられ、闇物資は原価を割って買うことができた。関根賢の右腕として暴れていたのが、東五郎とは戦前からの兄弟分である藤田卯一郎である。関根組が占領軍によって解散させられた後、藤田は松葉会を結成して初代会長になっている。

東五郎は、彼らと義兄弟の縁を結んで生涯の親友だったが、自分のトラブルで彼らの力に頼ろうとはしなかった。闇物資を動かしたり、利権関係の揉め事の解決を頼まれたりして、時にはグレン隊から追い込みをかけられたこともあったが、東は一人で体を張って生きていた。

その所為か、小柄な身体に不思議な風格があって、大親分になっていく山本も藤田も一目おくところがあった。

街には木枯らしが吹き抜けていく、敗戦の年の冬であった。

その夜半、東五郎の住まいの壁をバリバリッと剝ぎ取るような音がした。

バラックだから、壁は板張りである。

「……あんた」綾子は、一人息子の照道の傍らで眠っている東の体を揺すった。

「なんだ」

「おかしいのよ。変な音がする」

「野犬か、野良猫がいたずらしているんだろう」

「ちょっと、見て来てくださいよ」

「ほっとけよ」と、東は一度布団に潜りこんだが、奇妙な気配を感じ、すいと身体を起こして隣の部屋の電灯のスイッチをひねった。

ぎくっとした。

炊事場に、ぎらりと光る刃物を持ち、顔を手拭いで頰被りした復員服の男がいる。

強盗に入った男も、声にならない驚きを示した。

「……綾子、ピストルを持って来い」東は、はったりをきかせて強盗の眼を凝視した。

「はいっ！」綾子の返事は大きい声だった。

びっくりしたのは、強盗にはいった男である。「わっ」と、悲鳴を上げて入口の戸を蹴破るかのようにして逃げた。五郎は堅気だから、ピストルなんか持っていない。

「びっくりしたわ。強盗だったのね」

「おれだって、びっくりよ。おまえがあんまり大きい声で返事するもんだから」

「あたしは、あんたが何んてったかわからないけど、綾子という声だけ聞こえたから『はい』って言ったのよ。そういえば、昼間っからおかしい事があったわ。復員服の男が二人家の前をうろうろしていて、その一人が一杯呑ませてくれってはいってきたのよ。こんな六畳二間で、商売はしていませんからお帰り下さいと言っても、まえは料亭だったろう酒が有るはずだと言ってなかなか帰らないのよ。きっと、下見をしていたんだわねえ」

「ふん。東五郎が、強盗にやられたんじゃ、浅草を歩けねえや」

彼は大事にしている、コールマン髭を撫でつけた。

「でも良かった」

「オレが居ない時は不用心だな。山本の若い者に来てもらおうか」

「冗談じゃないわよ。へんなのが来たら、照道の教育にも良くありませんからね」

そんな事件に出あった所為だけでもないが、綾子は何とか料亭の『福寿草』を再建したいと思いついた。

＊

東本願寺東京別院の東側、通称門跡裏通りに面して戦前の『福寿草』は百五十坪の敷地を持つ料亭であった。

敷地が広いので、その中のバラックはよけい不用心に見える。

綾子の希望を聞いて、東は戦前から浅草界隈に地盤を持っていた土建業の二代目高橋組へ自宅の建築を頼んだ。高橋組の初代高橋金次郎と東の次兄塚本健次郎が兄弟分で、東も親戚付きあいをしていたのである。しかし、物資が極端に不足している時代だったから、本建築の資材を揃えるのが大変だった。そのため、綾子は預金の中から七万円を前金で支払った。インフレで物価は戦前の何倍にもなっていたが、それでも七万円というのは大金である。同じ町内だし、親戚同様の付きあいだから信用して先金を渡したのだ。

ところが、翌年の二月に「金融緊急処置令」が発布されて、預金は封鎖され、その引き出しは月一千円に制限された。古い紙幣には、証紙を張って流通させ新しい紙幣も発行されたから、旧紙幣で支払った七万円を動かすことが出来ないので高橋組も困った。

「弱ったな」東も頭を抱えた。

「しょうがないわ」綾子は、諦めが早かった。

結局、料亭が出来るほどの家は、建てることはできなかった。

それでも高橋組はせいいっぱい努力して、床付の客間もある敗戦直後にしてはかなりの家を建てた。

それからは、彼女の着物の売り食いである。


——『福寿草』を経営していた時、わたしは毎月新しい着物を作っていましたから、疎開した時、行李が二十余りもあったんです。東武鉄道の始発駅になっている松屋デパート横には、ずらっと闇市が並んでいましたから、そこへ持っていくとわりと良い値段で買ってくれるんです。


その闇市へ食糧を供給する千葉や茨城などの農家は、不安定な紙幣よりも着物の高級品など物々交換を喜ぶ者が多かった。

綾子は、近所の中学生に駄賃をやって照道の守りを頼み、着物を入れたリュックサックを担いで松屋横の闇市へ買い出しに出かけた。そうこうしているうちに、市の商人に得意先が出来る。「姐さん、こんな物がはいったから持って行っとくれ」といって、そのころは珍しかった羊羹をくれたりする。金を払おうとすると、「何時も稼がせてもらってるから銭はいらない」と言う。

綾子が東五郎の妻であることを知っていたのだ。

昭和二十一年七月のある日、闇市の世話をしていた男たちが緊張した顔で山本の事務所前に集まっていた。

「どうしたの」綾子は、顔見知りの男に聞いた。

「姐さん、台湾人と新橋で喧嘩が始まった」

不審に思ったが、綾子には関係ないことだから、そのまま家に帰った。

その晩、夫の東五郎は帰って来なかった。

――また、若い女と一緒だろう。

と、綾子は気にしなかった。

しかし、翌日も帰らない。

新しい女が出来ても、たいてい毎日着替えには帰ってくるのだ。

＊

その時代に闇市は、国鉄や私鉄のターミナルに近い、新宿や池袋や新橋など人の集まりやすい所には到る所にあった。その始まりは、飯島一家小倉二代目関東尾津組の親分尾津喜之助が、昭和二十年八月十八日に次のような新聞広告を出した時からである。「転換工場並びに企業家に急告！　平和産業の転換は勿論、其の出来上がり製品は当方自発の『適正価格』で大量引受けに応ず。新宿マーケット／関東尾津組」と、尾津は敗戦の詔勅が出た三日後に、戦時中は鉄兜や鉄砲を作らされていた町工場の事業主に、鍋や釜など生活必需品を作ることを呼びかけている。政府関係者は、茫然として為すところを知らなかった時期である。都会の庶民生活は、彼らの活動によって活気をとりもどす。二十日には、尾津組の庭場である新宿東口に露店商が店を張って最初の闇市がはじまった。

敗戦の混乱期に、急激に闇の市場へ進出して来たのは、「第三国人」と呼ばれた台湾・朝鮮系の組織である。日本の植民地時代に露骨な差別と屈辱を受けた彼らは、祖国の勝利や独立によって日本の法から解放されたと信じ、公然と闇物資を売り経済力をつけて闇市へ進出を図っていたのだ。ことに、台湾系の団体が過激であった。

渋谷に本部を置く台湾華商系は、昭和二十一年の六月に新橋の松田組が作った新生マーケットへ華商百戸分の入居要求をしていた。松田組はもとグレン隊のかっぱの松こと松田義一が親分で、東京露店商同業組合に加盟するテキヤである。松田は同じ六月に子分に殺され、跡目は妻の芳子が継いだばかりだったが、華商系の要求を拒否した。七月十六日、四、五十人の台湾青年が、マーケットの中にある松田組の事務所を襲撃し、一人が殺され、残りの全員が重傷を負った。その事件は、たんに松田組と華商団体との抗争ではなかった。華商は強い組織力を背景にして、新橋を突破口に各所のマーケットへ進出を図ろうとしていたのである。事件は、東京露店商同業組合へ急報された。理事長の尾津喜之助はテキヤ系の親分衆を糾合し、博徒系の親分たちにも協力を呼びかけた。

七月十八日の晩から翌朝にかけて、松田組の助人が続々と新橋に向かい、その数はおよそ千五百人を数えた。尾津理事長のところへ寄せられた資金は、二百万円にも上った。松田組の助人たちは、田村町交差点の角にあった同業組合本部、虎ノ門に近い金毘羅宮の焼跡、松田組本部裏の西桜小学校などへ三、四百人ずつ分かれて屯《たむろ》し、華商系の襲撃に備えた。松田組本部のガレージの屋上には、戦闘機用の機関銃二丁を据え付けた。闇市の商人たちも食糧を協力し、女たちは炊出しをして戦いに備えたのである。

まさに、市街戦の前夜の様相だった。

戦勝国の中華民国に復帰した台湾省民は、渋谷の宇田川に本部を置いて、周辺から駅前の闇市に勢力を張っていた。松田組との抗争が始まったころ、彼らは禁制品の取り締まりをめぐって、渋谷警察との間に双方怪我人が出るほど緊迫した状態にあり、東京近郊の各地から台湾青年が集結していた。それればかりではなく、西日本から千人ほど上京して来るとか、東京湾に停泊している中国海軍の巡洋艦から海軍の兵士が上陸して台湾省民の指揮をとるという噂まで流れていた。

　その日の午後、台湾省民は東京華商総会の事務所があった京橋小学校に五百人ほど集まり、日本側を激しく攻撃するアジテーションが続いた。

　不穏な状態になったので、中国軍事代表団僑務処の林定一処長が、懸命に説得して解散させようとしていた。林処長の説得で、集会は一旦解散した。しかし、その後すぐに三百人ほどの青年がトラックに分乗して、新橋方面へ向かおうとする。林処長と軍代表の李少尉はジープで後を追って、デモコースを変更させ、真っ直ぐ渋谷に向かわせようとした。しかし、トラック部隊は銀座、新橋、虎ノ門、溜池のコースをとった。

「来たぞう」

　松田組の見張りは、大声で叫んだ。

　トラックは、砂煙を上げて疾走して来る。

　すでに何度か武装した台湾省民と戦っている松田組側は、彼らが真っ直ぐ襲撃して来るものと思いこんでいた。

　ガレージの上の機関銃手は、トラックへ向けて引き金をひいた。

　一台は撃鉄が錆びついて、動かなかった。

もう一台の機関銃からは、猛烈な勢いで弾丸が飛び出す。

射撃経験の無い射手の、引き金を握る掌や指が硬直していた。

銃身が躍っているように見える。

射手はトラックを狙っているのだが、弾丸はずっと向こうの方にそれていくのだ。

双方の対立を憂慮して待機していたアメリカ軍のMP（憲兵）が装甲車四台に分乗して松田組本部へやって来た時は、台湾省民のトラック部隊が通りすぎたあとだった。

機関銃に驚いて新橋、虎ノ門での抗争は回避されたが、銃や刀剣で武装した台湾省民はその鬱憤《うつぷん》を以前から対立していた渋谷警察にぶっつけた。渋谷署長は、後の警視総監土田国保である。彼は配下の渡辺という部長刑事に命じて、渋谷界隈を縄張りにしていた博徒落合一家の親分高橋岩太郎に協力を要請した。高橋は、三、四十人の若い衆を連れて警察を庇うように渋谷署の傍らの疎開地に集まって、拳銃を撃ちながら警察に押しかける台湾系の青年たちを迎え撃ったのである。十分か二十分やりあったところへMPが来て、ヤクザは帰ってくれということになった。後には、刀で刺し殺された死人が出ていた。

この時期、警察と日本のヤクザは蜜月状態にあった。

飾りのサーベルが武器の警察力では、都会の治安は保てなかった。

東五郎は、山本五郎と一緒に同業組合の本部に詰めていた。

山本はいかにもテキヤの親分らしい、恰幅と凄味を持っていた。

東は小柄で、紳士の風貌である。

その小柄な男が、豪傑風の山本に冗談をいったり、時には皮肉をいって自重させたりしている。どちらかと言えば、優男の東は猛獣使いのように見える。

＊

そのころ、東五郎が何をして収入を得ていたのか、妻の綾子もはっきり覚えていない。ふらりと帰ったと思うと、着替えをするとすぐに出かける。

小学校へ行くようになっていた息子の照道も、父親がどうしていたのか記憶に乏しい。


——顔を見た記憶がないんだ。

たぶん、女の所へ行ってたと思うよ。

親父がなにをしていたのか知らないが、一度、学校の先生と松竹座の前を歩いて居る時に出会った。すると親父はね「子供が、いつもお世話になって」といって、ポケットから芝居や映画の招待券をいっぱい取り出して先生にあげたんだ。先生は喜んだなあ。だってそのころは、どんな映画も芝居もいつも満員だったから、切符はいまのプロ野球の巨人・阪神戦の入場券のように値打ちがあった。ところが、その場を通りかかりの兄んちゃんが見てたんだなあ。

親父が先生に挨拶してむこうへ行くと、兄んちゃんがすうっと寄って来た。

「すまないが、その切符を譲ってくれないかね」

物腰は丁寧だが、目付きにドスがきいている。

「これは駄目です。いま戴いた物だから」

「ただで譲れとは言わないよ。色をつけるからさ」

「じゃ。一枚だけ」と、渋々、先生は切符を渡して、残りは大事にポケットへしまった。

切符をわけろと言ってきたのはダフ屋だったよ。


と、照道はいう。

興行の切符に、プレミアムを付けて売ることを考えだしたのは東五郎である。彼はその新商売を山本五郎に勧めたから、ある時期ダフ屋は姉ケ崎一家の独占状態になった。なにしろ、浅草中の劇場には東の息がかかっているし、東宝系の劇場が集まる有楽町から銀座にかけても彼の世話になった者たちが大勢いるのだ。

山本は配下の若者を、めぼしい劇場の前に屯させて、プレミアム付の切符を売らせることで、庭場を銀座にも拡大していった。しかし、「ダフ屋」という言葉を言い出したのは、初代山春こと山田春雄親分だといわれている。山田春雄は、飯島会初代飯島源次郎の実子分だったが、大正元年に独立して興行関係を稼業に業界の世話役をしてきた。昭和六年に引退しているが、その交遊関係はテキヤだけではなく博徒や政界にも及んでいた。彼はその他にも、戦前の院外団に所属していたし、東京の地方政界にも人脈があった。その山春が、東五郎の器量を若い時から買っていた。

ダフ屋についで東五郎が思いついたのは、日本人の柔道家と進駐軍関係の不良外人のボクサーをリングに上げて戦わせることである。

露天の興行は、山本やテキヤ関係者にはお手のものである。

さっそく浅草寺の境内の一部を借りて、筵《むしろ》囲いの小屋を建て、真ん中にボクシングのリングを作った。

出演する外人には、テキサス州のヘビー級チャンピオンだとか、カリフォルニア州のランキング一位とか勝手にきめたタイトルを付けた。一方の日本側はごまかしがきかないから、名の通った柔道家である。みんなが食べることに困っている時代だから、伝統を重んじる柔道家も見世物と知って出ることを承知したのだ。

前宣伝による人気も上々である。

「面白いほど、切符が売れるぜ。大入り間違いなしだ」山本は上機嫌であった。

「ルールを説明したり、選手を紹介する司会者が必要だな」

「誰にやらせる」

「いま、考えているところさ」

「歌の司会者じゃ駄目かい」

「身のこなしが軽くて、ちょっとは度胸もなけりゃまずいよ」

興行の前日に、東五郎はボクシングが好きでジムへも通っていた或る男を思い出した。

彼は近くの山春事務所へ出かけて行った。

「爺さん頼みがある」

「何だい」

「うん。神原録郎を貸してくれよ」

「いいよ。しかし、何に使うんだ」

「今度の興行で、リング・アナウンサーをやってもらいたいんだ」

神原録郎のリング・アナは、ちょっと嗄れ声で闘技の結果をうまく裁き大成功であった。

仮設の小屋には、連日のように溢れるほどの観客がはいり、始めは押されぎみの柔道家が、髭面の外人を捕まえるや大外刈りや一本背負いで投げとばすので、観客はやんやの喝采をおくったのである。観客は、敗戦のコンプレックスを吹き飛ばすような快感を味わったのだ。

東五郎が始めたスポーツ・ショーが、柔道家たちの外国修業につながり、後には力道山などのプロレスに発展していく。

彼は不思議な才能の持主である。

3

占領軍の慰安施設であったアーニーパイル劇場に関係したあと、戦後の東五郎は演劇の興行には手を出さなかった。それでも、昔から親しい役者との付合いは続いている。

——古川ロッパさんが、「東宝へ来い」「東宝へ来い」って、随分と東を誘ってくれたんですよ。だから、何かあると、家へ誘いに来た。

ある日、ロッパさんが、「アズ、一緒に行ってくれ」って、朝鮮系の集まりへ行った。ロッパさんは、顔を出すだけで、歌を唄う約束ではなかった。ところが、みんなが「唄ってくれ。祝儀を沢山はずむから」っていったらしいの。殿様だからね。あの人は。

「無礼者」って怒ったらしい。

しかし、「アズ。金には代えられん。家には、米食い虫（子供）がいっぱいいるんだからな。唄うか」

ってね。


と、東綾子はいう。

そのロッパが、戦後初めて浅草の国際劇場に出演することになった。彼は東宝の専属だったが、もとは浅草の常盤座で、東五郎が企画した『笑の王国』が成功し売出した喜劇スターである。

綾子の話は続く。


――まだ、適当な宿屋も無かったんです。

国際劇場というのは大きくて、楽屋が奈落にあってそこから舞台に上がるのが太ったロッパさんには大儀だったんですね。食べ物もろくに無いころも、ロッパさん太ってたからね。で、くたくたになっちゃって家へ来て、「アズ。悪いけど、泊めてくれないか」っていうんですよ。お父さんは良くったって、私はね。「奥さんがいるのに、あなたを泊めて御前様だっていわれるのは嫌だから」って断ったんです。そしたら、「いまのかあさんは、そんなこといわないから泊めてくれ」って。しょうがないから、じゃあ、布団だけは綺麗なのを用意しとくからってねえ。それこそ、ロッパさんは、お腹がぽんぽんでね。喜んだのは坊や（照道）ですよ。「面白いポンポンポンだ」って、お腹をたたいちゃって。で、ロッパさんは、家の坊やを抱いて寝たのよ。

東五郎は家庭のことは綾子に任せきりだった。

彼の事務所は、国際劇場の地下にあったから、いろんな芸能関係者が訪ねてきた。

少し後のことだが、少年時代から東の仲間で喜劇の大スターになったあと松竹をとび出して行ったエノケンとの交友も復活した。脱疽《だっそ》という病気で右足を失い苦境にあったエノケンに、東は温かい情を示している。

役者から頼まれたら仕事先の世話はするが、自分がやってみたいような興行は大手資本を背景にしか出来なかったので、次第に興行からは遠ざかっていったのだ。

そんな時、二人ほどの若者を連れた、三十四、五歳の男が彼を訪ねてきた。

初対面のその男は、田岡一雄と名乗った。

「その節には、先代が大変お世話になりましたそうで、ありがとうございました」と、田岡は丁重な挨拶をした。二代目山口組組長山口登が、籠寅組の刺客に襲われ抗争状態になったころ、田岡は親分山口登の顔をつぶした男を斬って高知刑務所に服役中であった。出所後、東五郎という男が抗争の和解のため下交渉をしたと聞いていたのである。敗戦後の混乱期に実力を示し、先輩から押されて山口組三代目を継いだばかりであった。彼は東のために料亭に席をとって、先代の遺産である興行界に関心を持っていることを語り、東にも協力を頼んだ。彼の山口組はまだ神戸の地方ヤクザであり組員も少なかったが、すでに関東の大組織の親分に伍して歩く気迫を持っていた。その一方で、厳つい顔や体格に似ず、人を逸らさぬ魅力と腰の低さがあった。

――人物だったな。

と、東五郎は語っている。

しかし、東には試行錯誤の時期だった。

何とか時代にあった、新しい仕事を得たいと考えていた。

＊

「兄弟。ナイト・クラブをやろう」と、東五郎は山本五郎に相談した。

「そのなんとかクラブってのは何をするんだい」

「うん、兄弟はハリウッド映画が好きだろう」

「おお、好きだとも。オレがイングリット・バーグマンて女優のファンだってことは兄弟も知ってるじゃないか」

「外人相手の、カサブランカに出て来る舞台のような店をやるんだ」

「外人相手かい」

「そうだよ。日本人客はオフリミットだ。その方が、いざこざも起こらないしね。お金は持ってる人から集めなきゃ」

「どこでやるんだい。浅草かい」

「冗談じゃない。やるなら東京のど真ん中よ」

「何処にそんな場所がある。めぼしい建物は、みんな進駐軍に接収されるか他人の持ち物だぜ」

「それが、見つかったんだ」

東京駅の八重洲口から、歩いて十分もかからない場所に、藤山財閥が持っている四階建のビルがあった。そこを借りようというのだ。

「……借りられるかい」

「まかしておけ」

藤山財閥の当主で商工会議所の会頭である藤山愛一郎と東は、戦時中の移動劇団の関係で親しかった。しかし、そういう交渉は庶出の田中元彦が話しやすい。「ほかに無いからやれば必ず儲かる。そしたら、沢山お礼をしますよ。もちろん、家賃は別にちゃんとはらいます」といって、ビルの一階を借りた。田中は会社へ入っていく家賃よりも、裏金を期待していたから、すっかり乗り気になってオーナー気取りで協力したのだ。もともと、アメリカの大学を出ているから、マッカーサーのGHQにも知人がいる。GHQの内諾を得ていることにすれば、統制品の食糧や酒を売っても日本の警察は手が出せない。別に悪知恵を働かせたわけではないが、田中元彦が加わることでその店は自然に治外法権になった。

東五郎はその店に小さな舞台を作って、失業して困っているレビューの女優たちにショーをやらせた。


――南部雪枝という女優さんがいた。Nという映画スターのお母さんです。

その人もね。子供がまだ小さくて、生活に困っていたから、東がやっていたクラブに出演させてやったこともあるんですよ。戦前有名だった、いろんな女優さんが出ていましたね。

あの時は凄かった。

凄く儲かった。

行くたんびにお金がはいってきた。

日本人客はオフリミットだけど、田中元彦さんはビルのオーナーだから、自分は自由に出入り出来る。物資が無くて、みんなが困っているのに、その店では、牛肉でもウィスキーでもなんでも手にはいって、食べ放題、飲み放題。不足すると、お客さんのアメリカ将校が、手配してくれる。毎晩田中さんは店へ顔を出していた。ほんとうに、うなるほどお金が儲かった。

そんなに儲かっているのに、田中さんのところへは家賃しか入ってこない。こぼしているので、「どうしたんですか」って尋ねたら、「お金はみんな東くんに持って行かれちゃった」って。

東綾子の話である。

占領軍と外人相手の『クラブ・ブロードウエイ』は大成功だった。中では、統制違反が公然と行われていたのに、日本の警察は取締まることが出来なかったのだ。

*

その時代、占領軍との関係で、シノギをした者は少なくない。仕立屋銀次の一件で親しくなり東の兄弟分になっていた破笠一家の親分入村貞治も、東の紹介でアメリカの将校と親しい関係が出来た。

――ある時だね。東がオレに付きあってくれってんだ。一緒に車に乗ると、お堀端の方へ向かう。で、東が言うには、GHQの、それの偉い大佐に会ってくれというんだ。こっちは何でだろうと思って、GHQへ行ったんだ。廊下はピカピカで滑るように光っているんだ。立派なんだよな。それで、行った奥の方に、マッカーサーの部屋があると教えてくれるんだ。

大佐の用事というのはね。日本の遊び場を見たいというのだ。

「博打場をみせてくれ」って。

その時分、博打なんかはね。いまとちがって現場を押さえなきゃ逮捕されないからな。

「で、何時来ますか」って聞いた。

「今晩、二十一時から。椅子だけ用意しておいて欲しい」

それで、オレの賭場へやって来た。

博打は内緒でやるものだろう。

夏の暑い時だったが、窓なんか閉めてやるんだ。

まわりの家から見えると、体裁がわるいだろうが。

そうすると、そのGHQがね、「ポリ、OK。ポリ、OK」暑いから窓を開けろってんだ。開けろったって、前の家から見えちゃうんだ。しょうことなしに開けると、向こうが慌てて自分の家の窓を閉めてくれた。反対だよな。

そこで、GHQが椅子に腰掛けている前に、盆に胴師や出方や客が集まっているが、どうも具合が悪そうにして始まらない。で、オレが、「構わないから、みんないつもの通りやってみなよ」って、始めさせたんだ。で、むこうの人は如才ないんだ。そこにいる博打のお客さんにさあ、「シガレット・プリーズ」ってサービスするんだな。チューインガム配ったりね。

そんなこともあって、今度は大佐が彫物をするところを見たいってんだ。痛いからな、彫物は。それで、浅草へ呼んで見せてやった。

だから、オレはGHQとも仲が良かった。

そのうちに、博打に凝った通訳がいた。野郎が、オレに、GHQの建物の中で花屋をしろってんだよ。司令部の廊下には、あっちこっちに花を飾ってある。二日か三日にいっぺん替えりゃいいってんだ。ところが、その時分は花を集めるのが大変なんだ。それに百円の花で千円も取れないだろう。で、よしちゃった。

入村貞治の話である。

ヤクザの親分には、人を逸らさない不思議な魅力と能力がある。彼らは時の権力にうまく食いこんでいる。彼らが権力の裏面にぴったり結びつくのは、権力の側にも彼らを必要とする恥部があるからだ。そして、権力者自身の体質は無法であり、支配される側にのみ法を守るように要求するのである。

入村の話は続く。

——力道山が相撲を廃業して行くところがないってんで、しょうがないから新田新作のところへオレが連れてった。オレは、素人相撲をとっていたし、相撲界に知り合いが多かったからな。

それでね。始めは新田の工事現場の用心棒のようなことをしていたらしい。そのあと、オレが行ってね。新田に、「おう。リキを資材係かなんかにしてやれよ」って。

戦争に負けた後、初めて日本からアメリカへ行ったのは、元大相撲の藤田山や大ノ海たちだ。成功はしなかったが、進駐軍の許しをとってプロレスの修業に行ったんだ。大ノ海ってのは、先の花籠親方だ。前頭を十六場所しかやっていないが、相撲協会に復帰したあと初代の若乃花を育てて二所一門の大部屋になった。彼らも、戦後は腹を空かせていたから、みんな家の近くの蕎麦屋で飯を食わせてやったんだ。

大相撲とは、そういう仲よ。

それでね。

蔵前の国技館が出来た時、先の出羽海親方さんが、五、六人連れてオレのところへ来たわけだ。いろいろ、頼みによ。じゃあ、警備はオレがやってやる。その代わりにな。車も来るわけだから、車は全部オレが引受けてやるということになったんだ。だけど、まさかオレ一人で預かったわけじゃないからさ。若い衆使ってんだから。

で、こっちはテキヤじゃないから、若い衆に「駐車代、取んなよ。向こうが好意でくれたら、持ってこい」って。

そりゃあ、いろんな奴が来たよ。警視総監も来るね。検事も来る。極東裁判の人たちも随分来たよ。そうしちゃ、オレに、「親方さん」「親方さん」ってね。紙捲きの煙草、ラッキーストライク。あれをね、たいがい三ケースか四ケース持って来た。そういう物を一杯持ってくるんだ。

警察でも偉い人はお忍びで来るね。警視庁に知らせると、護衛が出るから煩わしいってんでね。だから、警視総監が来たって、所轄署はしらないんだ。こっちは、車のナンバー見りゃ判るんだから。宮様とか、大臣とか、お忍びで来てて何か粗相があったら大変だから、警察も「親分、頼みます」ってね。

新田建設の新田新作は、アメリカ軍の施設の下請け工事で資産を作った。新田は、兄弟分の山本五郎のマージャンの鴨だったといわれる。彼は力道山のプロレス転向のスポンサーになったり、明治座を再建したりして実業人としての功績が大きい。

敗戦後、山本五郎や藤田卯一郎が、大親分と呼ばれるようになる過程で、東五郎の周りには多くの友人が出来た。それは、敗戦期の裏面史の主役ともいってよい顔ぶれだった。

入村貞治　破笠一家
芋川勝一　雷屋四代目
新田新作　新田建設
小野晴義
金子弥太郎
田岡一雄　山口組三代目

岡村吾一	北星会
福田博	
藤沢栄一郎	
藤田卯一郎	初代松葉会
木津政雄	関根組大幹部
飛高三次	土建業
落合漲治	
和田薫	和田組
渡辺憲成	興行師
中野真一	飯島連合会倉持分家
上野長一郎	キャバレー王
野口岩男	飯島連合会倉持一家二代目
安田朝信	東京早野会初代
浅井孝吉	霊岸島桝屋松本二代目
東出四郎	
木村進	

芝山益久　関東丁字家佐橋二代目
森一生　倉持分家
菅佐原由之助　霊岸島桝屋多田三代目
山本五郎　関東姉ケ崎連合会

テキヤ系の親分が多いのは、山本の兄弟分から摘出したからである。東京の親分衆の中に、神戸の田岡一雄が名前を連ねているのが異色である。

4

——ある日ね。私は、山春の爺さんに呼ばれてね。「お前、東のところへ行って、役所へ出す書類や手紙など代筆してやんな」といわれたんです。まだ敗戦後の混乱期に、先生（東五郎）は法務大臣から保護司を委嘱されたんです。

と、神原録郎がいう。

東五郎が「先生」と呼ばれるようになった経緯はこうである。

木村篤太郎が第一次吉田（茂）内閣の司法大臣になった時、祝儀の品を届けに行った東五郎に「十年以内に世の中が落ち着いてくる。何時までも無法は許されない。いまのうちに君も世の中のためになる仕事を持ちなさい。司法保護司をやってみないか」と言ったのだ。木村は奈良県の出身で、東京帝大法学部を卒業すると弁護士になった。敗戦後の民主化で多くの司法人が追放されたあと、昭和二十一年に請われて検事総長に転じ官界に入った男である。同年、司法大臣になった。のちに一旦は公職追放になるが、まもなく解除されて第三次吉田内閣に法務大臣として復活する。その後、保安（後の防衛）庁長官などを歴任する。短身痩軀。型破りの言動が多く、自らは国士をもって任じ、任侠の社会にも通じていたのである。東五郎とは、戦前からのつきあいだった。

その話があった後、東は以前から知っている浅草警察署の刑事を呼んで言った。

「……これからは、私のことを、先生と呼んでもらわなけりゃいかんぞ」

「アズさんじゃ駄目かね」

「当たり前だ、君たちは、警察官になった時に誰から辞令をもらったんだ」

「警視総監だよ」

「警視総監は、大臣の上か下か」

「そりゃ、大臣が上でしょうね」

「そうだろうが。私はね。今度、司法大臣から保護司の委嘱を受ける。かくかくしかじかの仕事を、お願い致しますというのが委嘱だ。君たちとは身分がちがう。だから、いままでのように、アズさんでは駄目なんだ。頼むから、まず君たちが協力してもらいたい」

にやにや笑っている東の言い方は、どこまでが本音か冗談かわからない。しかし、どこかに威厳があって、有無を言わさぬ力がある。

「……それでは、先生よろしくお願いします」刑事は、彼を最初に先生と呼んだ。

「うむ。悪い気分じゃないね」

東五郎はとぼけた表情で、自慢の口髭をなでつけた。

それが、得意のポーズである。

それから、彼は、段々、先生と呼ばれるようになっていく。

保護司というのは、犯罪者の更生および犯罪予防の仕事に参加する非常勤公務員で、はじめは非行少年の更生を目的に法制化された。その後対象を広げ、一般犯罪者の更生にも関わるようになる。学歴や特別の資格は必要ないが、前科のない民間の篤志家を保護司選考会で選び法務大臣が任命する。無給だから、まったくの社会奉仕であった。

しかし、ヤクザや無頼漢が多かった敗戦当時の浅草地区で、保護司を引受けるような人物は少なかった。

その点、ヤクザの親分衆との交遊を持ちながら、どこかで一線を引いている東五郎はうってつけの人物だった。

――間尺に合わない仕事だな。

と、思ったが東は木村の話に乗って引受けた。

彼自身も、無法の時代は長く続かないと見切っていたのである。

しかし、彼は実務には不向きな男だから、当座の生活費は山春持ちで神原録郎が秘書役になったのだ。


――刑務所を出たばかりの、人相の悪いのがやって来て、「金を貸してくれ」とすごまれたり。大変だったわ。家は生活相談をする所だと思ってやって来るのよね。そういう話は区役所の民生課へ行きなさいと言っても、ろくに戸籍もはっきりしない者もいるんだからどうしようもなかったわね。

お父さんはあの性分だから、かわいそうだと思ったらお金だって何だってあげちゃうでしょう。よけいに誤解されたりして。


と、東綾子はいう。

——先生は、お金には淡白だったからね。あればあるように使っちゃう。韓国人の世話を随分してやったね。一時、東は韓国人じゃないかって言われたほどですよ。

と、神原録郎はいう。

東五郎は試行錯誤の時代から、自分の生涯を決める生き方を見出していった。それは放埒《ほうらつ》で道楽好きの自分を芯の部分で縛る道であった。

第二話　混沌の時代

1

敗戦後に院外団を復活させたのは、海原清平という人物である。

明治十四年に神戸市で生まれ、和仏法律学校を卒業したあと神戸新聞の記者になり、床次《とこなみ》竹二郎の知遇をえて、鉄道院総裁秘書、内務大臣秘書などを務めたあと、徳島県第一区から衆議院議員に立候補して当選二回、大正九年から昭和二年まで代議士だった経歴を持つ立憲政友会系の政治家である。六代目菊五郎への売勲の疑いで勾留されたのを機会に、政治の第一線からは引退していた。

海原は専ら、落選代議士や将来代議士に立候補しようとする者の集まりだった院外団に籍を置いて政治力を維持し、東京都内の街路商組合と財界出資のデパートの争議などに仲裁役を務めたことなどが知られている。

彼の屋敷は文京区の根津にあって、山春親分こと山田春雄と親しく、時々浅草へ顔をみせていたから、東五郎とも戦前からの付き合いである。

海原清平が東五郎を自由党の院外団幹部に誘ったのは、鳩山一郎を中心に結成される自由党の支持基盤としてテキヤの親分衆を利用したかったためである。海原自身も、戦前から香具師《やし》の団体とは深い付き合いがあったから、その資金力と侠気は熟知している。

「うちわった話をすればだ。わが同志たちの意気は軒昂だが、なにぶんこういう時代で、みな貧乏をしとる。ゆえにだ。活動も鈍る。若い者に小遣い銭も渡すことが出来んので、有為《ゆうい》の青年はみな赤に染まってしまう。その点、君の友人たちは、なかなか活発に儲かっとるようだ。どうだろうか、天下国家のために、わが輩と行動を共にする者を集めてくれんかね」

と、東は口説かれた。

「海原先生のお話ですから、私は末席に加えていただきますが、先生のいわれる私の友人で景気が良いのはみなヤクザ者ですよ」

「いいんだ。任侠の徒は、わが友だ。政界だって裏返してみれば、同じような体質を持っている。心配いらんよ」

「……とりあえず、山本五郎というのに話をしてみましょう」

「姉ケ崎の親分か」

「そうです」

「頼むよ」

「しかし、本人はどういうかわかりませんぜ」と、五郎はいった。

彼が少し渋って見せたのは、敗戦直後には治安維持の名目でさんざん利用されたが、権力とテキヤの同業組合はしょせん水と油で、警察権力への不信は根深い。

しかし、政党と警察権力は本来別ものである。政権政党に結びつけば、警察の圧力の防波堤になるかもしれぬ。院外団は、戦前から保守政党とは不可分の関係にあり、政党政治の陰の部分として見逃すことは出来ない。損にはなるまいと、東五郎は計算して山本五郎に話した。

院外団の源流は、明治初期に始まった自由民権運動に包含される没落士族・壮士たちの行動にみることが出来る。

――嗚呼。政府暴虐ナレバ之ニ対抗シ官吏残酷ナレバ之ヲ刺衝シ、正議党論共其威焔ヲ撲滅シ社会ノ安寧ヲ保護シ世上ノ幸福ヲ維持シ、其身ヲ殺スモ任ヲ成サントスルガ如キ壮士ノ国家ニ生ズルハ、豈《アニ》之ヲ国ノ将《マサ》ニ開明ノ佳域ニ進歩スルノ前兆ト云ハザルベケンカ。

と、中島勝義が喝破したように、下からの政治批判をもって登場した壮士が源流であった。明治の御一新で権力から外された青年没落士族が「壮士義に勇むの徒」として運動の核をなしたことから始まる。板垣退助を盟主とする自由党の創設当初から、党幹部を守るために没落士族を中心とする壮士が存在していた。

国会が開設されて政党政治の時代になると、落選議員を中心に組織された院外団に壮士たちが加わって政党幹部の用心棒を兼ねた政治家の予備軍になっていくのである。明治二十五年四月二十二日付の『濃尾新聞』によると、「帝国青年議会」「関東壮年会」「近畿同志会」「九州倶楽部」等の団体三百人が集会を持って圧力団体としての性格を強めようとした。

その後、政府による民党への露骨で暴力的な選挙干渉などを経て、院外団は党自衛のため次第に暴力化し、各地で流血の争いを起こしている。

院外団は政党内部の主導権争いにもしばしば登場するが、主には他の政党との争いの場で活躍したのである。

昭和六年二月、国会で民政党内閣の幣原《しではら》喜重郎総理大臣臨時代理の答弁をめぐって、政友会と民政党の対立が尖鋭化した。二月六日、予算総会では混乱が頂点にたっし、民政党議員たちに守られて退出しようとする幣原は政友会議員に「国賊」呼ばわりされ、守衛の頭ごしに殴りつけられた。その騒ぎを聞きつけた民政党院外団は政府委員通路におしかけて気勢を上げ、幣原はかろうじて脱出できたのである。その直後、政友会院外団もおしかけて、院内で痰壺や灰皿をなげあい殴りあいつかみあって血しぶきが上がるほどの大乱闘を演じた。

その乱闘には、政友会の元議員である海原清平も加わっていた。

騒ぎが少し静まりかけた頃、話を付けようと政友会代議士中島鵬六、木村義雄が民政党院外団室へ行った時に、護衛と称して政友会代議士保良浅之助の長男寅之助らが現れたことからふたたび乱闘になった。その乱闘で、中島と木村はじめ寅之助ら政友会院外団三名、民政党院外団八名が負傷した。保良浅之助は下関の漁業関係を背景にして子分を集め、西日本の興行界を牛耳っていた籠寅組の大親分である。親交があった陸軍大将田中義一が退役して政友会総裁に就任したことから政友会に属し、昭和五年に衆議院議員に当選し中央政界に名を連ねた。同期議員には大野伴睦《ばんぼく》、林譲治、中島知久平、松岡洋右、犬養健《たける》、船田中《ふなだなか》などがいる。彼らは落選すると、院外団に属して再起を期すのである。海原は一線を引退して、選挙に出なかった。

乱闘が発生すると、それぞれが地方にいる同志に急を告げて東京に集合させた。三多摩壮士や保良が率いる籠寅組から、数百名も東京へ呼びよせたのである。

この紛争を利用して、大川周明や北一輝など右翼と軍が結託し、中島知久平の資金でクーデターを起こそうという計画が政友会の一部にあったが実現しなかった。

戦時体制が進むと、院外団や三多摩壮士は次第に軍部と協力関係を深め、大政翼賛会の中に吸収されていく。

もともと、自由主義を標榜してきた政党人らは軍部の独裁を嫌い、翼賛政治を批判し鬱屈した時代を送るのである。

彼らに陽が当たるのは、連合国に対して日本が降伏したことによってである。

しかし、東五郎がそういう院外団の歴史を知っていたわけではない。彼は済んだ事には深くこだわらない男で、現実にロマンを見る男だった。

敗戦の余燼《よじん》がくすぶる昭和二十年十一月九日に、鳩山一郎の主導で結成された日本自由党は、旧政友会系の政治家が中心になっていたから海原清平も当然それに属した。創立資金には、海軍の特務機関長だった児玉誉士夫が持っていたという莫大な宝石類が、辻嘉六《かろく》らによって現金化されてあてられた。鳩山は日本自由党を「救国政党」と自称し、共産主義の排撃を強調する一方、戦時中、東条英機に迎合した者たちを厳しく指弾して日本自由党を組織したのだ。日比谷で結成大会を開いた時、二千人の参加者の中に、目付きの鋭い男たちが演壇を守るように配置されていた。その男たちが、海原清平によって組織された「明鏡会」と呼ばれる戦後院外団の母体である。

東五郎は始めから、戦後の院外団に属し自由党の結党大会の時にも出席したから、再建された保守政界の裏側を出発点から見てきた。彼は、明確な政治目的や理念があって自由党と関係を持ったわけではない。いわば、人間の繋がりと成り行きによってそうなったまでである。はっきりしていた事は、二度と軍人が威張る社会は御免だという事だった。

――自由！

何と快い言葉であろうか。

そのためには、生命を懸ける価値がある。

彼はもともと興行界の人間で、浅草松竹系劇場で喜劇王エノケンや『笑の王国』の古川ロッパなど多数のスターを育てた男である。芝居も映画も演芸も、石頭のような軍人や役人の監視によって逼塞させられていたのである。敗戦によって芸能界も解放された。自由で、創造的な時代がやってきた。芸人たちから創造力を奪う時代は、二度とあって欲しくないのだ。

東五郎は、先ず、山本五郎を誘った。

昔から関東の親分衆の中には、二足の草鞋を履くといって、裏街道の渡世を歩きながら十手取縄を預かり町奉行所や八州取締の下請けをする者が少なくなかった。一種の保身術である。

敗戦直後の政界でもっとも脚光を浴びていたのは、軍部から疎外されてきた鳩山一郎など非翼賛系議員たちである。鳩山の選挙区は分割前の東京一区で、そこには東五郎が生まれ育った浅草も含まれていた。

五郎は、政治に関心を持ったというより、政治家という生き物に関心を持っていた。彼が知っている政党政治家の体質は、遊俠の社会に生きる者と同じような自由奔放さをもっていた。昨日まで胸を張って、国会議事堂の廊下を闊歩していた男が、落選すれば空威張りしているが心は乞食である。その生きざまは、賭博師のようである。

五郎には、与《くみ》し易い社会だった。

院外団といっても、いうなれば保守政党の一員である。国会の中を、自由に闊歩することもできる。

山本五郎も、東の誘いに乗って院外団に属するようになった。

二人の五郎は、少年時代からの親友である。

山本の方は大相撲に弟子入りしたこともある大男だが、東はオペラの役者の真似事をしていた位だからお洒落で小柄な男である。

何処で気が合うのか、凸凹コンビのように二人は毎朝仲良く院外団の事務所へ顔を出すようになった。

2

「おい、神原。お前、院外団に入れてやる。皆に紹介するから、明日は党本部まで一緒に行くんだぜ。ネクタイもちゃんと締めて、靴も磨いて来るんだ」と、ある日東五郎がいった。

神原は、東の自宅や国際劇場地下の事務所で東の秘書のような仕事をしていた。

「院外団へ行って、何をするんですか」

「まあ、はじめはな。雑巾がけからだろう」

「先生も、そんな事をしてるんですか」

「何をいっとるんだ。お前がするんだ」

「だって、先生も入ったばかりでしょうが」

「おれは、最初から幹部で迎えられたからお前とはちがうよ」

「……」

「まあ、黙ってついて来りゃいいんだ。山本の兄弟の所に適当な若い者がいないかと思ったが、しっかりしてるのは小指がなかったりさ、顔に刀疵があったりするんでは、海原さんやおれが連れて歩くのは不味いんだ」五郎は得意のポーズで、自慢のコールマン髭を撫でつける。


鳩山一郎はマッカーサーの追放令によって公職に就けなくなり、代わって外務官僚でイギリス大使まで務めた吉田茂が自由党総裁に選ばれ、第一次吉田内閣が発足していた。政府の人事は吉田が握ったが、国政の方向を決める国会対策は鳩山系の代議士たちに頼らざるをえない。その橋渡しをしたのは、戦前からの政党政治家で鳩山と親しい林譲治であった。林は高知県選出の衆議院議員であり、自由民権時代に活躍した林有造の息子で吉田とは又従兄弟の関係にあった。鳩山の追放で自由党という保守政党の上にぽつんと乗った形の吉田と、海千山千の政党人の間では陰湿な駆け引きを伴うすさまじい力比べが行われていた。吉田の向こうを張って一派を形勢するのは、生粋の政党人である大野伴睦や新聞記者上がりの河野一郎らであり、吉田には老獪な松野鶴平や林譲治がついていた。その一角に、議席を持たぬ海原清平が数少ない党の総務として存在していた。彼に出会うと、戦後派の代議士は子供扱いだった。

自由党を裏側から見れば、まさに百鬼夜行である。

神原は政界の事は何も知らない。

彼は、一日目に度胆を抜かれた。

その日は顔を覚えてもらうために、国会の中にある院外団室へ先ず行った。

恐ろしく不機嫌な顔で新聞を読んでいる者もいれば、片隅で声を細めて話し込んでいる者たちもいる。一人一人が、二癖も三癖もありそうな面構えだった。

そういう所でも東五郎は不思議に景色のよい場所へ席を占める。

昔からその社会にいた者のようにおっとり構えて、窓際の明るい椅子に腰をかけると、「東の若い者だといって挨拶し名刺を配って来い」と、神原にいった。いわれた通りに神原は、一人の男に挨拶して名刺を渡した。

その男は、「ふん」と、いっただけで花札のように名刺を玩《もてあそ》んだ。やってられないや、と思いながら神原は次々に挨拶して廻った。

そこへ、大柄で眼光の鋭い四十男が入って来た。着ているのは良い生地で仕立てた背広だが、すこし古くなって草臥《くたび》れている。彼は、恐ろしく尊大な態度で、両手を上着のポケットに突っ込み室内を睥睨した。

「おお、東くん。来ていたか。飯食いに行こう」と、男はいった。

「おお」五郎は応じ、「神原くんだ」と紹介した。

「わしは、堤八郎だ」

ぶっきら棒ないい方だが、芯は照れ屋かもしれんなと神原は思う。

荘重で薄暗い院内の廊下には、赤い絨毯が敷きつめられている。

迷路のような廊下で、彼は何人かの代議士に出会った。

真ん中を歩いて行くのは堤である。

彼は代議士に出会うたびに、「何某、このごろ偉くなったたな」とか、「どうだい、たまには小遣いを回してくれよ」とか、厭味めいた事を平気でいう。中には彼を避けるように、途中から引き返したり目をあわさないよう片隅を通り抜けたりする者もいた。

食堂の近くに、人だかりがあった。
五、六人の新聞記者に囲まれ、誰かが取材を受けている。傍らには、秘書らしい青年や役人らしい男もいたからかなりの大物であろう。

「おーい。何某、飯食ったか」と、堤はその大物風の男に呼びかける。

「いま、終わったところさ」

「残念だな、奢ってもらおうと思ったのに」堤は、悪戯っぽい顔を見せた。

「……先生。誰です」と、神原はそっと東に聞いた。

「国務大臣の何某だ」

「へえ。堤さんは、大臣も呼び捨てですか」

「当たり前だ」

いったい、院外団とは何者であろう。神原は、大臣とか役人とかはあまり好きでなかった。自分とはまったく縁のない社会に住む、異人種だと思っている。彼は浅草で生まれ、浅草の最も浅草的存在であるテキヤ山春親分のもとで育ち、ボクシングに熱中してきた青年である。浅草の中なら、隅から隅まで誰がどんな商売をしているか、誰が誰と仲が良くて誰とは反目しあっているかすべてが頭の中に入っているが、政界という所には、得体の知れない男が日本中から群がり寄って来ている。素性も知れないし、気心も判らない。一日で頭が疲れてしまった。

院外団に毎日顔を出して、東五郎らは何となく仲のよい者同士で飯を食ったり、次の選挙には何処そこから誰が出るとか、誰それは選挙が危ないらしいとか適当な噂話をするだけで帰っていく。たまに、大臣級の大物が地方へ出かける時などには、目をかけている若者と一緒に護衛していくこともあるが、概ね暇な一日を過ごしているのであった。

神原録郎は、翌日からは海原清平の鞄持ちだという。

五郎たちと違って、海原は恐ろしく忙しい男だった。

朝は党本部の総務会に顔を出し、昼前には丸の内へ出かけて財界の大物と会ったと思うと、今度は国会へ行って大物代議士と密談する。役人を呼びつけて叱りつけたと思うと、夜は新橋の料亭に出かけて追放組の大物元代議士らの集まりに加わる。神原は海原の鞄持ちだから、料亭や密談以外では部屋の隅に同席している。海原が会って話をする相手は皆大物だから、一日中緊張して頭の下げ通しだった。

神原は山春親分の供をして、その筋の親分衆の所へ度々出かけたことがある。院外団の頭領だといっても山春親分と兄弟分のような者だから、始めは何処へ行っても同じことだと思って引き受けたがとんでもない間違いだった。

——こんな間尺に合わん事はない。

と、思う。

東五郎と一緒にヤクザの親分の所へ行くと、相手は折をみてそっと小遣い銭を包んでくれる。使いに行くと、東の若い者だからと大事にされて車代に使ってくれと包み金が出る。ところが、海原について行って、一日中頭を下げているのに相手からは歯牙にもかけてもらえない。歯牙にもかけてもらえないなら、ヤクザの親分の方がましだと思う。政治家というのは、彼ら自身が財界から資金をもらう立場にあって、その金は党内の取引や選挙区にばらまくためのもので、身内に近い院外団の若造まではお零《こぼ》れが行き着かないのだろうと思った。

「かんべんして下さい」と、三、四日で神原は音を上げた。

「そうか」五郎は、苦笑しただけだ。

神原は再び、五郎の保護司の実務を続けるようになった。それだって、時々、五郎がくれる小遣いが報酬で、基本は間尺にあわない無給である。

——やっぱり、おれには浅草がいいや。

と、神原は思う。

彼は浅草周辺でしか生きられない男だ。日本の中枢にある政界の裏側を泳ぎ抜いて生きるには、人間離れした図太い神経が必要だ。庶民の暮らしには、見栄も権謀術策も必要ない。浅草では、どんなに高名な役者でも、どんなに勢力がある親分でも、東の所の神原といえば気安く声をかけてくれるし、金がなければないなりに生きて行けるのだ。神原は浅草の街で、不良少年たちが溜まりにしている喫茶店によく出かける。少年たちは飢えとたたかいながら、雑草のように逞しく生きている。時には大人顔負けの喧嘩もするが、それは昔からあったことだ。喝あげも昔からあった。第一、うちの五郎先生だって、昔は田舎からぽっと出の菊田一夫を脅したこともあったというじゃないか。盛り場で生きる少年らには、その程度の勇気が必要なんだ。保護観察中の少年たちが、神原には可愛くて仕方がないのだ。自分も昔は不良の仲間だった。街で生きていく少年は、心体ともにすばしっこい。

のちに岸本組をつくって、稲川会副理事長として活躍する岸本卓也も、東五郎が注目していた少年だった。

しばらく経って、神原は東五郎が矢崎武昭という青年を院外団に入れたと聞いた。

——彼には向いているだろう。おやじさんは、いい青年に目をつけた。

と、神原は思う。矢崎は何処かきらりと光るものを持っていたし、第一頭がきれる。横柄な先輩たちにも、すぐに可愛がられるだろう。

神原は欲の少ない男だった。

＊

矢崎武昭は、東京のある私立大学の予科に在学中、海軍の予科練に応募し、飛行機乗りになって、ラバウルを基地に南の空を転戦した。無事に復員出来たのは、彼が一人息子だったため偵察機に配属されたからかも知れないと思っている。同期の戦闘機乗りは、多く戦死して逝った。

復員した後、元の大学に復帰したが、東京では学業よりも生きることが大変だった。

彼の大学にも、闇商売を通じて無頼の仲間に入っていく学生がいた。テキヤの世話になった学生も少なくはない。その結果、ヒロポン（覚醒剤）やヘロインに手を出して、いつとはなしにヤクザになった者もいる。大学へ復学した矢崎も、敗戦の虚無感から容易に立ち直ることができなかった。そんなころ、彼は益子哲郎というヤクザと出会って親しくなった。益子は一世を風靡した関東関根組の大幹部で、後に松葉会を興す藤田卯一郎の若い者で藤田組の大幹部だった。

益子の親分藤田卯一郎は、東五郎の兄弟分である。

矢崎は益子と付き合うようになって、東五郎を知った。しかし、親友の叔父分にあたる人だが、めったに言葉を交わせるような立場ではなかった。

そのころ、浅草田島町に『ガラス湯』という洒落た銭湯があった。

昔から銭湯は町内の社交場である。

下町育ちの東五郎は、内風呂よりも銭湯が好きだ。

朝目覚めると、ふらりと『ガラス湯』へ出かけて熱い一番風呂に辛抱して浸かる。

ある朝、五郎は『ガラス湯』で、一人の青年から声をかけられた。

「東先生、お背中を流させて下さい」

「……」

自慢の髭を整えようとして向かっていた鏡に、二十二、三歳かと思える青年の顔が映っていた。

「お願いしようか」五郎は、一瞥しただけで背を任せた。

青年はタオルに石鹸をつけると、丁寧に五郎の背中を洗う。力の入れ方やタオルの使い方に心が籠もっているのを肌で感じ、久しぶりにいい若者に出会ったと一刻の極楽を味わった。

「君の名前は」

「矢崎武昭といいます」

「私の事を知っているのかね」

「ええ。益子と仲がよいものですから、何時もお噂を伺っています」

「幾つだね」

「二十五です」

矢崎は童顔だった。

「そうかい。兵隊には行ったかね」

「はい。予科練です」

「ふん。何処へ遣られた」

「ラバウル航空隊に配属されて、南の島々を転々としました。戦闘機乗りを志願したのですが、航空隊に先輩がいて私が一人っ子であるのを知っていましたから、死に急ぎすることはないと偵察機に乗っていたのです」

「何処で終戦になったかね」

「台湾の高雄です」

「君の友人も沢山死んだろうね。戦争は酷《ひど》いな」

「山本五十六連合艦隊司令長官を、ラバウルで見たことがあります。あの人は、ほんとうの軍人だったと思います」

矢崎は、戦争を思い出した。無謀な戦いだったとは思うが、戦友の死を無駄死にとは思いたくなかった。復員して来た彼も、その時代の多くの若者たちと同じように生きるため無頼の真似事をしていたが、心の何処かに青春の泥沼に浸かりきれない純粋なものが残っていた。益子の哲から、「矢崎よ、君は出来ることなら堅気で生きてくれよ」といわれたこともある。彼も心の底では、出来るならまともな生き方をしたいと思っていたのだ。それゆえ、ヤクザ社会に兄弟分を持ちながら堅気の社会で生きている東五郎に魅かれるものを感じていた。

「……昔、私の走り遣いをしてくれていた君と同い年の青年がいた。戦争が激しくなって若い者がどんどん戦場へ行くようになった時、彼も戦闘機乗りに憧れて予科練に入隊したが、終戦の半年前に死んだ。生きることと死は、ほんとうに紙一重だね」

「……」

「今日は、背中を流してもらって、どうもありがとう。私の事務所へも遊びに来なさい」

五郎は丁重に礼をいって、矢崎を見つめた。

五郎の眸の輝きには、不思議な凄味と優しさが交錯していた。

――おれは、この人のように生きたい。

と、矢崎は思った。人の出会いは運である。

幸運をもたらしてくれることもあれば、非運に引きずりこまれることもある。

それが、矢崎武昭と東五郎との出会いであった。

そのころの院外団は、団長の海原清平の下に七人の相談役、東五郎ら六人の常任幹事がいた。その他、党本部に属する役員に、党幹事の荒牧忠志他三名、政調相談役堤八郎、天野富太、党の青年部、遊説部、情報部の副部長には院外団員が就いていた。団の幹部に大半は落選中の元代議士などもいて、誰でも入れるというわけではなかったから、東五郎や山本五郎のように自由に使える資金源を持ち朝風呂に入ってから本部にやって来るようなひとかどの者が多く、矢崎のように若い者は少なかった。

矢崎はそこで、お茶汲みから始めた。

仕事を教えてくれる者は誰もいないから、先輩たちの言動を頭の中にたたきこんで自分なりに仕事を作っていくしかないのである。自分が努力する以外に、這い上がって行く道はなかった。

それでも、矢崎はその社会が好きだった。

五郎の鞄持ちをしているうちに、政界の裏面で働く議員の秘書たちとも親しくなり院外団の若手として売り出していくのだ。

3

『クラブ・ブロードウエイ』の経営は順調だった。

――それこそ、毎日使いきれないほどお金が入ってきたわ。

と、東綾子はいう。

彼女は、戦前経営していた『福寿草』の再建は諦めていた。ある時期までは、戦前に蓄えた金や疎開して助かった着物などの売り食いで凌いだが、そのころからは五郎の収入で家計を賄い、まとまった蓄えも出来るようになっていたのである。

そこは、銀座のど真ん中に出来た治外法権の別天地である。

ビルは、戦前から付き合いがあった藤山一族の持ち物で、しかもアメリカのプリンストン大学を卒業した田中（藤山）元彦が表向き代表だから、進駐軍の慰安施設として何を売ろうと警察は黙認している。

五郎は、古くから親しい検察幹部も招待した。

彼は人との付き合いで、見返りというものを殆ど期待しなかった。頼まれたら引き受けるが、自分のために利権を漁ろうとしたことはない。政治家との付き合いも、向こうから声をかけてくれれば礼を尽くすが、下心をもって彼らに接近しようとしたことはない。それが自然に、代議士たちに安心感をあたえて交遊は広まっていた。

山本五郎を別にすると、院外団の幹部で五郎と親しかったのは堤八郎である。

堤には得体の知れないところもあるが、彼は小倉市の市長選挙に立候補したことがあって、五郎も応援に行ったが残念ながら落選した。その前から、堤は大蔵省出身の池田勇人を高く買っていて、池田が最初の選挙に出たときから広島の選挙区へ応援に行き、何時かは総理総裁にしたいと願っていた。彼は横柄で傲慢に見えるが、心は古風で優しいところがあった。

堤は『クラブ・ブロードウエイ』に初めて行った時、クラブの客のほとんどがアメリカ軍の高級将校だったので目をむいて驚いた。

「東京にこんな所があったのか」

「ここだけじゃないさ。もっと高級の、斜陽華族の奥さんが経営しているクラブもあるんだぜ」

「おい、おい。東くん、アメリカは女にべたべたするのう。こんな軟派と戦争して負けたとはなあ」

　堤は、クラブで働く美女たちに、優しく紳士的な態度で接するアメリカ将校と日本の軍人たちの違いを思う。彼は、根からの政治好きで、他の事にはほとんど関心を持つ事がなかったし、もちろん敗戦後の風俗に大きな影響を与えたアメリカ映画などは見たこともなかったから、眼の前で繰り広げられる歓楽の光景にびっくりしたのであった。

　そのころ、元同盟通信の記者の長谷川仁（後の参議院議員）が、産経新聞に入社する前アルバイトにそのクラブでシェーカーを振っていた。彼の父親は茨城県下妻の豪農の家に生まれ、東京外語を卒業するとそのまま大陸に渡り北京に住居をかまえて「老北京」と呼ばれたほど中国を愛した大陸浪人だった。北京で生まれ育った仁も、中国人より北京漢語が上手だといわれたほどの中国通である。

　堤は、仁が気にいった。

「……おれは、こういうバター臭いのは苦手だ」と、堤はいう。

「でも、よく見えられますね」

「うん。東くんとの付き合いだ。このあとは、何処か小料理屋で口直しして帰るよ」

堤はクラブの雰囲気になじめずしきりに汗を拭っている。

「堤先生は純情派ですな」

長谷川仁はからかった。

「そうだ。おれはこういう所もだが、素人と話をするのが苦手なんだ。大臣や役人たちは屁とも思わんが、素人にはどういう話をすればよいかわからんのだ。だから、選挙に出ても駄目なんだ。きみは、長谷川くんといったな。どうだ、政治をやってみんかね」と、堤は話を変える。

「いやあ。ぼくなんか若造ですし、地盤も看板も資金もありませんから」

「そんなものは、どうにでもなるんだ。東くんにも可愛がられとるらしいが、そういう相談なら何時でも乗るぜ」と、堤はいった。ずっと後のことだが、長谷川仁はある新興宗教のバックアップを受けて参議院議員に当選し、堤らが属していた池田勇人の宏池会《こうちかい》に属するようになる。

矢崎武昭は東五郎について歩くと、神原とは反対に一日一日が勉強になるように思う。

どういう関係で知り合ったかわからないが、東五郎という人物は政界の最高峰にいる鳩山一郎や大野伴睦の家にも親しく出入りするし、その一方では浅草近辺の朝鮮人たちにも人気があった。藤山財閥の総帥である藤山愛一郎にも可愛がられていたし、妾腹の田中元彦とは義兄弟のように親しい。田中は、とにかくハッピーな男で、人当たりはとても優しかった。それでいて物凄く我儘で、気にいらないと急に不機嫌になりその表情を隠さないのだ。幼稚園児がそのまま大人になったような純粋さと、財閥の妾腹に生まれたコンプレックスが一緒になっていた。誰かに、「ずいぶん儲かったでしょう」と、『クラブ・ブロードウエイ』のことを聞かれると、「儲かっているらしいけど、東くんが全部持っていってしまう」と、笑顔で答えた。家賃以外にクラブの儲けの分け前をもらう約束になっているのに五郎は実行しないのだ。それでも育ちが良いから、ほとんど毎晩五郎に会うのに、田中は一言も不満を洩らさなかった。五郎の笑顔を見ると、分け前の請求などはしたないと自分で思うのだった。どんなに、地位の高い者に会っても舐められず、無名の者にも怖がられず憎まれずに、人付き合いができる東五郎の人柄に矢崎は学ぶものが多かった。

＊

そのころ、東五郎が、行方不明になったことがある。

身近にいた矢崎にも、神原ばかりか、親友の藤田卯一郎や山本五郎にまで内緒で姿を消してしまったのだ。はじめは妻の綾子と小学生の照道も、また新しい女が出来たのだろうと思っていた。ところが、三日経っても四日経っても帰って来ない。新しい女が出来ても、一日に二度三度と着替えに帰る位のお洒落だから、四日も家に帰らないのは珍しい。地元にいる神原たちが、心当たりを探しまわったが消息がつかめない。

姿をくらましたのは、東五郎一人だけではない。

彼の自宅の近くにある土建業高橋組の三代目社長高橋庄次と一緒で、「横浜の方からどんな掛け合いがあっても、手出しはするな」と、高橋組に言い残して行ったという。それで、高橋組のトラブルに巻き込まれたことはわかった。

神原が覚えているのは、東五郎はその日の午後国際劇場の地下にある事務所へ立ち寄ったことまでだ。一つだけ電話したあと、机の引き出しから蓮根式のピストルを取り出して内ポケットに入れ、何時もと変わらない顔で「ちょっと出かける」と、いってふらりと出ていったのだ。

*

彼らが無事に帰って来たのは、十五日目であった。

その経緯はこうである。

ある日、東五郎は銀座で、鈴木仙太郎という博徒と出会った。鈴木は名にしおう暴れ者で岡村吾一の兄弟分だが、そのころは熱海の稲川芳邑親分の客分になって蛎殻町《かきがらちょう》に住んでいた。五郎とは以前から面識がある。

「やあ」と、五郎が挨拶した。

「おい、東。首を洗っとけよ」と、いきなり敵意を見せた。

「なんのことだい」

「胸に手を当てて思いだしてみろ」

五郎には、彼から因縁をつけられる覚えはなかった。

「何かの誤解だろうが、何時でも来いよ」

銀座のど真ん中で喧嘩を売ってきたのだから、そのまま引き下がると五郎の沽券に関わる。じっと睨みあったまま分かれた。

別れぎわに「高橋組の事だ」と鈴木はいった。

高橋組は戦前から浅草に勢力を持つ土建業で、初代の高橋金次郎は、昭和のはじめころ『カワイ・シネマ』をつくったり土建業界に大きな影響力を持っていた河合徳三郎の若い者で、五郎の実兄塚本音次郎と義兄弟だった。ちなみに、河合門下からは戦後最強といわれた関根組の関根賢もでている。土建業は博徒との関係が深く、高橋組は度々抗争事件も起こしている。東綾子の話によると、喧嘩になると組事務所の二階に抜き身の刀や竹槍を持った男が大勢詰めていたという。音次郎兄の関係で、代がかわった後も、五郎は親戚付き合いをしている。その事を知っている者は、東五郎と高橋組を一心同体と見る者もいたのである。

——どんな拙《まず》いことをしたんだ。

と、思いながら五郎は浅草へ帰った。

高橋組は国際劇場のすぐ裏側にあった。五郎が行ってみると、事務所の若い者は殺気だっている。

東五郎は、高橋庄次から小父さんと呼ばれていた。「庄次さんよ。蛎殻町の鈴木から、変な因縁をつけられたが、何があったんだい」

「横浜で、拙いことしちまったんです」

「話してみな」

「小父さんには、迷惑かけません」

「いいから話してみろよ」

「……伊勢佐木町で建築を請けたんです。うちの若い者は知らなかったわけではないんですが、後で挨拶すればいいやとそのあたりを縄張にしている林一家に通さず高橋組のテントを張ったんです」と、庄次はいった。

林一家といえば、戦前からグレン隊の頭目としてしられた林喜一郎が親分で、稲川系の大幹部として羽振りを利かせていた。配下には命知らずの無法者が多いことで恐れられている。

——拙いな。

と、五郎は思った。

「それで、どう始末つけるんだね」

「しょうがないでしょう。うちも、三代つづいた高橋組だ。非はこちらにあるかもしれないが、喧嘩を売って来るなら受けて立たざるをえませんや。やらなかったら、この社会では舐められたら仕事ができなくなります。小父さんを巻き添えにはしません」

「それも、一つの行き方だな。しかし、庄次さんが幾らそう思っても、相手は東五郎も一緒だと見ている」

「横浜の現場では、こちらに怪我人も出てるんです」

「ふむ」

「私も高橋の看板しょってる男です。兄弟分もいますし、それに小父さんにまで喧嘩売って来るようなら、藤田の小父さんや姉ケ崎の小父さんも放ってはおけんでしょう」と、高橋庄次はいった。

——それが、困るんだ。

と、五郎は思う。他人はどう思っていようと、自分はヤクザではないのだから出来た間違いも堅気の男として解決すべきだし、藤田や山本を巻き添えにしては事が大きくなりすぎるのだ。

しばらく沈黙した後、五郎は、「庄次さんよ、この始末はおれに任せてくれないか」といった。

「……任せろって、小父さん、相手は横浜きってのグレン隊ですよ」

「いいから、私のいう事を聞くんだ」

「そりゃ。小父さんにそういわれたら、お任せしますというしかありませんがね」

「何も彼《か》もだよ」

「ああ」

「二言はないね」

「ありませんよ」渋々高橋庄次も承知した。

「よし。……庄次さん。あんたはこれから私と一緒に姿を隠すんだ」

「なんだって」

「二言はないといったぜ」

「だって、姿を隠すのは逃げるのと同じじゃないですか」

「その通りだ。三十六計逃げるに如かずというじゃないか。よく考えてみな。土建はれっきとした稼業だよ、もう斬った張ったの時代じゃないんだぜ。土建の看板を下ろしてヤクザでやって行くならばよいさ。それなら、私も止めない。商売人がヤクザに喧嘩売られて、一々向こう張って血を流す争いをするかい。逃げても隠れても恥ではないんだ。その証拠に、この東五郎が一緒に逃げてやろうといっている。時がくれば、氏神が現れて争い事は自然に解決するもんだ。喧嘩はつまらんぜ」

二人が姿を隠した後へ、横浜から林一家の者が車を連ねて乗り込んできた。

しかし、肝心の高橋庄次がいない。残っている若者では話にならないのだ。ピストルや脇差で武装した男たちは、東五郎や高橋庄次が立ち回りそうな所を虱潰しに当たったが何処にも気配はなかった。

神原録郎も彼らに取り囲まれて、東五郎の行方を執拗に聞かれたが、答えようがなかった。もともと五郎は堅気だからボディガードは連れたこともなかったが、神原はボクシングの経験があるから東の用心棒のように思われていたので、せめて自分を連れて行って欲しかったと悔しがっていた。

矢崎も、国際劇場の地下事務所へ駆けつけた。

姉ケ崎や甲州家や山春の若い者たちも、東五郎を心配して毎日誰かが事務所へやって来る。

矢崎武昭に五郎の消息が伝えられたのは、二週間ほど経ってからだった。教えてくれたのは、藤田卯一郎の幹部組員の益子の哲だ。益子は、「東の小父さんがいない間に、横浜との話は進んでいるらしいぜ」といった。

「すると、藤田の小父さんが中へ入ってくれたんだな」

「まあ、おれにも詳しいことはわからんよ」

「どっちにしても、親父の身体が攫われてなければいいんだが」

「そうだな」と、益子は言葉を濁した。

矢崎にとって東五郎は、無頼の社会から自分を拾い上げてくれた恩人である。東五郎があっての自分だと思い込んでいる。彼は父親のような情愛を五郎に感じていたので、万一間違いがあれば、事の善悪を問わず自分の身を賭して仇を討つと決めていた。そのためには、ピストル一挺あればよい。彼は無頼の時代に南部式のピストルを手に入れ、いまも密かに隠し持っている。予科練時代から射撃の腕には自信があり、そのピストルの手触りは抜群に良かった。彼は弾丸を抜いて、何回も空撃ちしてみた。彼が悲壮な覚悟を決めていた明け方、東五郎は隠れ家を出て『ガラス湯』へふらりと現れたのであった。

＊

その朝一番風呂に悠然と浸かって隠れ家の垢を落としたあと、東五郎は愛人の家からでも帰って来たかのように、照れ笑いを浮かべて自宅へ帰った。

「あら。足が付いているから、幽霊じゃなかったわね」と、綾子はいった。

「照道はいるかい」

「いますよ」

「学校へ行かないのか」

「今日は、休みなんです」

五郎と綾子の会話はそれだけだった。心配かけたともいわないし、心配させられたともいわないが、それだけで夫婦の心は通じたのである。

着替えをして国際劇場の事務所へ行った。

神原も矢崎も、泊まり込んで詰めていた。

「やあ。心配かけたな」と、五郎はコールマン髭を撫でた。

「おやじさん」

「変わった事はないかね」

「あんたの事以外に、変わった事などあるわけがないでしょう」神原は、段々腹だたしくなっていった。「私にだけでも、行き先をいっといてくれたらどうですか」

「なあに、お前にいえば余計な心配かけるだけだからな」

「いったい、何処に隠れていたんですか」

「うん、ちょっとした所だ。ここからもあんまり遠くはない」

「……」

「みんなで、必死に探しましたよ」と、矢崎もいった。

「お前たちが探し出せる所だったら、隠れていても意味がないだろうぜ」

「そりゃそうですが」

「すこし、頭を冷やして考えようじゃないかってね。高橋の社長を誘って、いうなれば座禅を組んでいたようなもんだ。しかし、まあ、この季節で良かったぜ。夏の盛りや寒い冬だったら、とても我慢できなかったろう」

「……」

「実はな。不忍池《しのばずのいけ》の弁天堂に籠もっていたんだよ」

「不忍池ですか」神原はきょとんとした。あの中島にある弁天堂に隠れるなど、いったい誰が思いつこうか。なんとも、奇想天外な知恵である。

「どうだい、誰も気がつかなかったろう。高橋の社長に約束したんだ。もともと、社長は逃げ隠れは反対だったからね」

「何を約束したんです」

「うん。ここで、半月辛抱したらすべてが解決するとね。それを信じてくれたら、私は半年女断ちすると約束したんだ」

「へえ」

「えらい約束しちまったよ」

「おやじさんのためには、その方が良かったじゃないですか」

「馬鹿、これからしばらく地獄だよ」

五郎の口髭が、すこし寂しそうに見えた。

＊

——それにしても、東五郎は弁天堂に籠もっている間に、どんな手を使って話をつけたのだろうか。

と、矢崎は思った。

翌朝、矢崎は東五郎の自宅へ迎えに寄って、車で党本部へ行った。

本部新館の裏にある『自由党同交会』という看板をぶら下げた一棟が院外団の本拠である。内部では院外団で通していたが、対外的には『同交会』という名称を使うようになっていた。海原が理事長で、衆議院の落選組、都会議員、県議から地方の知事の中にも会員になる者がいたから、幹部級が四百人ほどで全国に総勢十万人からの会員を組織していたから、大勢力であった。

大野伴睦は、もちろん『同交会』の顧問である。

五郎は『同交会』へ顔を出して挨拶したあと、堤八郎と一緒に登院していた大野伴睦の所へ挨拶に行った。

「よう。えらい目にあったそうじゃないか」

「ああ。先生にも心配かけちまって」

「どうだ。話はついたか」

「まあ、ね」

「東くんは、いい兄弟分を持ってるからな」と、堤はいう。

「まあ、兄弟たちの影響も大きいが、今度の話の糸口をつけてくれたのは、長谷川という新聞記者ですよ。私はヤクザじゃないから、兄弟分といっても直接頼むわけにはいかんのだ。ヤクザの力比べで解決したんじゃ、その借りをどうやって返せるんです。山本にしろ藤田にしろ私に近いから、横浜が引きにくくなる。長谷川が気をきかせて、三味線堀に話を持って行ってくれたんだ」

　三味線堀というのは、抗争の仲裁人として名高い破笠の入村貞治である。入村も五郎と兄弟分だが、藤田や山本と違って中立的存在である。

「三味線堀の仲裁は、裏での話は別にして表は何時でも五分だから高橋の顔も潰れない。林という男も人物だよ。こちらの気持ちが伝わると、今度の事はなかった事にして収めてくれたんだ」

「……ところで、池の真ん中の弁天堂にいたっていうじゃないか。おい、食い物はどうしてたんだ」堤は、すぐ飯の話になる。

「うん。あそこにはな。朝晩お経を上げに来る坊主がいるんだよ。その坊主に頼んで、朝晩差し入れしてもらったんだ」

「めっかったら、どうするつもりだった」

「五連発を持っていた。高橋を逃がして、四人までは道連れにするつもりだった。最後の一発でこの世とおさらばだったな」五郎は、頬に微笑を浮かべていた。

　五郎の微笑みには、陰湿な裏政界を泳いでいる堤も、ぞっとする凄味が潜んでいた。

　大野伴睦は、義理人情をこの世の美徳とし、任侠を標榜してきた政治家である。彼の所へ出入りする院外団員や政治ゴロは多かった。彼らは党の演説会などで、幹部の護衛を務めたりサクラになって野次を飛ばしたりするのが仕事だ。しかし、団の幹部になると、官庁の許認可などに首をつっこんで利権あさりをしたり、法案通過のために党内の反対派と交渉にあたったりして金を稼ぐ。東五郎や山本五郎は幹部だったが、政策や利権の窓口などとは無縁で、院外団にいるのは一種の名誉職と思っているから何時もおっとり構えている。むしろ、親しい代議士が資金に困っていると聞けば、何処かから工面した金を新聞紙に包んでそっと届けてやったりしていた方だった。大野の所へ来る者の中で、彼らは変わり者の部類であった。

「君は変わっとる」と、大野はいう。

「……」

「欲がない」ぎょろりと、大野の目玉が光る。

「そうでもありませんよ。伴睦先生はあっちの方でも英雄でしょうが」

「おお。あっちの話か。わしも、嫌いではない」

「私も色欲だけは、どうしようもないのです」

「お互い、それがなくなれば男は終わりだからな」

「弁天堂で、一番困ったのはその事です」

東五郎は事件の結末を、何時の間にか笑い話にしてしまった。彼は酷い目にあっても、けっして深刻な話にしなかった。粋に一ひねりして、諧謔《かいぎゃく》まじりで話すから聞く人は何と楽しい男だろうと思うのだ。それが、東五郎の人付き合いのコツだったかも知れない。権力者や知名人や財界人などを多く知人に持つことはその人物の財産であり、本人には財産や特殊な才能がなくても人を知っているだけで何となく仕事にありつき生きていける。

他人の心を引きつける話術は特技だろう。

彼らは大笑いして、伴睦のもとを辞した。

4

山本五郎は、新田新作と親友だった。

新田はアメリカ軍出入りの土建業者として成功し、逸早く『明治座』を復興して事業家としても一家を成し、兄弟分たちの中では一番金回りが良かった。しかし、博打好きは変わらない。二人はよくマージャンで顔を合わせた。マージャンといっても、サラリーマンが街の雀荘でやるマージャンとはレートが違う。いわば、プロの賭博の一種である。

ある日、「兄弟、今日はね。鴨が来るから先に帰るよ」と、山本が東五郎にいった。

「鴨って、誰だい」

「新田さ。すこうし小遣いをもらっとかなきゃ、うめえ物食えねえからな」

「どうして、新田が鴨なんだよ」

「うん。おれはな。新田と卓を囲む時には何時も眠くなるんだ。それが、作戦よ。みんなは、山本は昨夜寝てないんだなと思っている。おれはさ。時々、カーって鼾かいてよ、眠ったふりをしてるんだ。すると、新田なんか油断してポカを出す。そいつを狙っておいてバシッといく。で、儲けちゃう。おれが鼾かいてると、新田なんか、しめたってひっかかっちゃうんだから軽いよ」

「兄弟は、身体がデカいから、ほんとうに眠ったように見えるものね」

「身体はデカくっても、博打の神経は繊細に出来てるんだよ」

「けっこう、抜けてるところもあるんだがなあ」東五郎は微笑んだ。

何時か、山本を鴨にしてやろうと思ったのだ。

しかし、東五郎は博打はやらない。

山本五郎は、バックルに一カラットのダイヤモンドをつけた鰐皮のベルトを自慢にしていた。東五郎は小柄で、山本は大男である。その二人は、よく同じ柄の洋服を作って一緒にでかける。東が最高級のビキューナでコートを作ると、山本もかならず同じ生地のコートを作る。大小の違いはあっても、脱いでたためば何方《どちら》が誰の物かわからない。

ある晩、二人で向島の馴染みの料亭へ行った。

どてらに着替えて遊んだあと、東五郎は間違えたふりをして山本自慢のベルトを締めて帰った。翌日会った時、山本は知らないふりで一言も触れない。何日かたって料亭で遊んだ時、山本は先に服を着た。自慢のベルトを締めて、にやりと笑った。彼らの兄弟分である藤田卯一郎も、その経緯を知っていた。

「あのベルトを取り上げてみようか」東五郎は藤田にいった。

「けちな山本が、くれるはずがないよ」

「まあ、みていなよ」と東五郎は自信たっぷりだ。

山本や藤田と、東五郎は三日にあげず互いの家を行ったり来たりしている。

ある日山本が東の家に行くと、東が錦の袋包を大事そうに座敷の床に飾っている。

「何だい。それは」

「うん」と、東五郎はちらっと見るだけで答えない。

「いいじゃないか。教えろよ」

「ちょっとした物だ」と、東五郎は勿体をつける。

「水臭い。見せろよ」

「見ると、兄弟も欲しくなるだろう。見ない方がいいぜ。実はな、西国のある大名家から出たという、重要文化財級の壺だ」

「見せろ」

「嫌だ」

「なんだい、おれたちは兄弟だろうが、秘密はいけないぜ」

「しょうがないなあ」東五郎は、渋々、袋を開けて壺を出した。信楽のようである。見様によっては勿体ないほど立派に見える。「いいだろうが」と、東五郎はまた袋に収めた。

「何処で手に入れたんだ」

「それはいえないさ。しかるべき所へ持ち込めば、百万円は下らないだろうといわれている。おれも、大金を叩《はた》いたよ」

「うーむ」と、山本は唸った。彼は刀剣や武家道具を観てもらった事もあるので、東五郎が美術品の目利きだと信じていた。唸ったあとで欲しくなった。「譲れよ」

「これをかい。冗談いうなよ」

「いいじゃないか」

「駄目だ」とさんざん焦らしたあげくにダイヤ付のベルトが東五郎に渡った。

壺は上野の古道具屋で買った、安物の信楽焼だった。

藤田卯一郎、新田新作、山本五郎といえば関東きっての大親分といわれる男たちだったが、幾つになっても青春時代そのままの付き合いがつづいていた。互いに悪戯をしかけても、悪意はなかったから、じゃれあっているのに等しい。知恵比べで負けた方は、悔しがって次の仇討ちを考えるのだ。

＊

浅草六区と奥山の間にあった『ひょうたん池』を埋め立てて、映画館を建てようという話があり一部を埋め立てた。池は浅草寺の所有である。昭和二十六年ころの話だ。埋め立て地の利用計画が立つ間、小屋掛けして興行をやろうということになって東五郎に相談があった。五郎が考えだしたのは、日本の柔道家とアメリカ人ボクサーの対戦である。

敗戦のため日本の武道家は、占領政策によって逼塞させられ、食うにも困っている。しかし、アメリカ軍の中に柔道の愛好者もいて、昭和二十五年にはプロ柔道という形で復活し各地で興行したが、その興行は散々の不人気だった。東五郎は、日本人同士の対戦だから人気が出ないのだと見抜いていた。困っている時だったから、柔道家も外人ボクサーとの対戦を承知した。外人といってもアマチュア・ボクサーだ。こちらは身体が小さくてもプロである。リングの上で相手を捕まえさえすれば、気合一発投げつける。『ひょうたん池』の興行は大成功だった。

それからすこし経って、新田新作が『クラブ・ブロードウエイ』へ五郎を訪ねて来た。

「おれのところにいる、力道山がアメリカで人気があるというプロ・レスリングをやってみたいというんだが、どうだろうか」

「力道山ねえ。面白いかも知れんぜ。この間の柔道とボクシングは、戦争に負けた外人をけちょんけちょんにやっつけたから大人気だった。気分がいいからね。日本人は、自信を持って生きる時代が来るのを望んでいるよ。力道山なら、ターザンのような人気者になれるかも知れんよ」

「やつは酒を呑むと気違いのように乱暴するんだ」

「いいじゃないか。昔のエノケンは楽屋で酔っぱらうとピストルを出して女優を丸裸にしたり、気にいらない奴には空気銃をぶっぱなしたりで手がつけられなかった。スターになる者は、何処か気違いじみた癖がある」

「そうだなあ。兄弟がそういうなら、アメリカへ行かせてみるか」と、新田は決意した。

そのころ力道山は、三味線堀の入村貞治の紹介で新田建設の資材部で働いていた。働くといっても、建設現場の資材を盗まれないように番をするだけだ。大相撲から離れて無聊をかこつ彼は、作業着のまま銀座のあるクラブへ飲みに行ってボーイに入口で注意された。「何お」といってボーイを殴り倒し入ろうとすると、彼の前にたち塞がった男がいる。その男は力道山の必殺技といわれた張り手を苦もなくかわして、反対に力道山の利き腕をねじあげた。それが、ハロルド・坂田というプロレスラーだった。その時力道山は、殺されるかも知れないと恐怖を感じたという。坂田を知ったことから、プロレスラーを志すようになった。そのころすでに柔道家たちがプロレスラーに転向して、ヨーロッパ各地を転戦していたが、日本ではほとんど知られていなかった。

プロレス修業のためハワイに渡った力道山は、そこでカラテ・チョップを完成し、アメリカ本土を転戦して実力をつける。やがて帰国した彼は、日本橋浪花町にあった新田建設のバラックを改装して道場を造り、弟子を集めて『日本プロレス協会』を旗揚げする。会長には酒井忠正（当時、横綱審議委員会会長）、理事長には新田新作、常務理事に興行界の永田貞雄などが就任した。日本プロレスリングの初代コミッショナーに大野伴睦が就任し、正力《しょうりき》松太郎の日本テレビが肩入れして爆発的な人気を集めるのである。

神戸の三代目山口組組長の田岡一雄も、プロレスの初期から関係して興行界に隠然たる影響力を及ぼそうとしていた。

東五郎が可愛がっていた鶴田浩二が、大阪千日前《せんにちまえ》にある大阪劇場で催されている「百万ドルショー」に出演していた。初日が終わって旅館へ引き上げた時、山口組組員の山本健一らにビール壜《びん》やレンガで殴られ十二針も縫うという大怪我を受けたという知らせがあった。

「どんな様子か、見に行ってやれ」と、五郎は矢崎に命じた。矢崎も鶴田と親しい。彼は益子の哲を誘って大阪へ行った。見舞うと鶴田は苦笑して、「自分には覚えのないことだがマネージャーが田岡親分に失礼な事をしたらしい。しかし、自分の不徳で起こった事だから自分で始末をつけるので、好意は有り難いが東の小父さんや藤田の小父さんにはよろしく伝えて下さい」といった。彼はその通りに、怪我が治ると一人で神戸に出向き田岡と和解している。

そのころ、銀座に鶴田浩二に熱を上げて一度でいいから首尾をとげたいと願っていたバーのマダムがいた。その話を聞きつけた益子と矢崎は、さっそく鶴田に話し、×万円で話をつけた。マダムと別れた翌日、「おれの取り分をよこせ」と鶴田が言ってきたけれど、その金は二人が山分けしてしまった後だった。

そんなこともあったが、鶴田は益子が落ち目の時はよくめんどうをみていた。益子も、鶴田に恩を感じ、陰では彼に尽くすのであった。

5

矢崎武昭の、そのころの話。

――国会議事堂には、議員食堂がありましたよね。

昼になるとその食堂は、堤八郎のライバルだった荒牧忠志の一派がよく占拠していた。入口に荒牧派の吉岡秀太郎なんかが、椅子を持ち出して番をしている。中では親方連中が酒を飲んでいるわけだ。すると、代議士連中はちょっと覗いただけで、食堂の中にははいってこない。昼間は、ほんとうに占領してるんだから。

――そうかと思うと、院内の控え室で真っ昼間に博奕をやってるんだ。衛視にね。「ちょっと入口に立ってろ」って、見張りさせてね。酒を飲みながら博奕をやるんだ。そうすると、本会議が休憩に入るでしょう。と、代議士の中野四郎だとか、ああいうのがね、「おい、おれにも張らせろ」ってね。入ってくるんですよ。中野は、一時、女剣劇の浅香光代の彼氏だった男ですよ。

そのころ、東五郎は住み馴れた田島町の『福寿草』跡を手放して、浅草寺裏の言問通《こととい》からすこし吉原寄りの千束町へ引っ越していた。そのあたりは歌舞伎の『猿若三座』が昔あった町で、五郎の少年時代には『宮戸座』が人気を集めた時期もある。周辺は三業地で、芸者の置屋や料亭が集まっている。路地裏から三味線の音が聞こえたり、踊りの稽古帰りの娘が通ったり、粋で色っぽい雰囲気を持った町だ。そういう町だから、あちこちに芸人も住んでいる。

新しい東五郎の家は、ちょっとした料亭にでも使えそうな粋な造りの二階建だ。

その家に移って間もなくだった。

まだ外が薄暗い早朝に、表玄関の戸をどんどん叩く音がする。

「どなたですか」と、綾子が咎めた。

「おれだよ。助けてくれよ」

「おれって、誰です」

「中野四郎だ。五郎ちゃん、頼む」

戸を開けると、恰幅のよい中年男が飛び込んで来た。

「どうなさったんです」

「とにかく、戸締りしてくれよ」中野は、寝間着姿の裸足で、肩で息をしている。

五郎が起きて行くと、玄関横の応接間に上がった中野はガラス窓をすかして外を窺ってい
た。

「どうしたい」

「殺されるかと思ったよ」

「話してみなよ」

「ばれちゃったんだ。女の事が」

「浅香の光っちゃんにかい」

「そうなんだ」

浅香光代と中野四郎の関係は、たんなる愛人関係ではなかった。彼女は一座を率いる女性だから、大勢の男を顎で使いこなしている。それに、そのころは彼女の全盛時代で、収入も多かったから、太っ腹な彼女は中野に資金を貢いでいた。中野は党人派の政治家で、しっかりしたスポンサーは持っていないから彼女は金蔓だ。しかし、何時も摑み金《きん》をもらったり遣ったりしているから、銭勘定は大雑把だし付き合いも派手だった。そういう男に、浅香は本心から尽くしていたのである。

その中野に、女が出来た。

本心から尽くしている女性の勘ですぐわかる。

浅香はのっぴきならない事実をつかむまで辛抱していた。

その朝、中野が五郎の家へ逃げ込んで来たのは、証拠を突きつけ「あんたを斬って、あたしも一緒に死ぬ」と、浅香が激怒したからだった。舞台用の刀といっても、彼女が愛用しているのは、刃を落とした本身《ほんみ》である。素人が斬りつけても大怪我をするが、まして浅香は殺陣の名手であった。本気に斬りつけられたら、ばっさりやられてしまう。

張りのある眼に、妖艶な殺気が漂っていた。

——斬られる。

と、中野はほんとうに恐怖を感じた。恰幅のよい男振りも、嫉妬に燃え上がった女の眼には憎い敵に映る。

「……まだ、震えているよ」と、中野は身震いして見せた。

「女が本気で怒ると怖いからなあ」五郎は、綾子を振り返った。

彼女は、「いい年をして、女を騙したりするからですよ」と、微笑んだ。昔、五郎の道楽に腹が立って刀を布団の下に敷いて寝ようとしたのを、五郎の母親に見つかって「息子を斬らないでくれ」と大騒ぎされたことがある。

「……頼むから、五郎ちゃん。浅香の様子を見てきてよ。あの様子だったら、何を仕出かすかしれんのだ」

「ああ、いいよ。だけど、気が静まるまで放っといたがいいぜ。そのうち、やけ酒でも飲んで一眠りすると気が変わってるさ」

「あの女は別だよ。そんなしおらしい女だったら、こんなに怖がることはないんだ。やばくて、外へ出られやしない」

「色男は辛いな」と、五郎はからかった。

中野四郎は愛知県の出身で、戦前は東京市の市会議員だったから、大野伴睦や三木武吉《ぶきち》らの経歴に似ている。昭和二十一年四月の衆議院選挙に、日本農民党中央執行委員として愛知県から立候補し当選した。その後、改進党の中央常任委員になり、自由党系ではなかったが、河野一郎の子分で天草出身の園田直《すなお》の盟友だった。典型的な党人派で、東五郎とは支持政党を超えて親しかったのである。

すこし古い例だが、昭和二十三年十二月十三日の夕刻、参議院の議員食堂で酒を飲んだ大蔵大臣泉山三六《いずみやまさんろく》が、野党民主党の女性議員山下春江のほっぺたにキスをするという事件があった。深夜の本会議で山下がそれを暴露し、泉山は懲罰委員会にかけられ翌日辞職した。泉山は、トラ大臣として後世に名を残したのである。そういう時代だったから、代議士や院外団の親方連中がどんなつきあいをしていたか、およそ想像してもらえるだろう。

園田は九州天草で地方政治家の家柄の出身だが、中央で通用するほどの門閥でもなければ学歴もなかった。それでも、持ち前のバイタリティで国会進出を果たした青年であった。凜々しい男前で、婦人層に人気があった。彼は、既成の政治家たちと違って、素人娘が好きだった。「厳粛なる事実」と、恋人と駆け落ちしたあげくに妊娠していることも告白した。白亜の恋と騒がれた彼の愛人というのは、左翼の労農党から出た女性代議士の松谷天光光《てんこうこう》である。

松谷は、三人目の妻である。

園田も料亭には出入りしたが、彼は甘党で酒は一滴も飲めなかった。

そのかわり、女性にはこまめであった。

政治家は人一倍自惚《うぬぼ》れが強い種族である。

隠し女も、男の勲章だった。

多くは花柳界に女を求めたが、それは仕来りで口が固かったからだ。

花柳界は、政治家や財界人の奥座敷である。

だから、そこは陰謀の巣窟になる。

戦前には妻の綾子が料亭『福寿草』の経営者だったたし、本人も興行界の大物で花柳界で遊ぶのが仕事の一部だった東五郎は、その社会の裏を知りつくしていたから、政界の裏情報をつかむのも得意だった。

東五郎の周辺では、たえず事件が起こっていた。

そういう中で、東五郎は時代が変わっていくのを敏感に察知していた。

彼の心の中には、藤田も山本も単なるヤクザの親分で終わらせたくない思いが芽生えていた。日本の経済は次第に復興しているが、自立した国家ではなくアメリカ占領軍の駐留がつづいているのだ。東五郎は心の中で、兄弟分らが自由な社会のためほんとうに役立ってもらえたらと思いつづけていた。そのためには、彼らが変わってくれなければと思うのだった。

第三話　儀式

1

敗戦直後の一時期を除き、多くのヤクザ団体は警察から連続的な弾圧を受けた。

昭和二十四年の四月に公布された「団体等規正令」によって、暴力主義的団体として六十五団体が強制解散させられる。その中には、五郎とも兄弟分だった藤田卯一郎の藤田組などが含まれ、兄弟付き合いしていたテキヤの親分安田朝信の安田組などは特別監視団体に指定された。戦後、活発に活動していたヤクザ団体の多くは、解散に追い込まれたり身動きできない状況がつづいていたのである。

ヤクザにとって冬の時期、法務、検察の幹部に親しい知人を持つ東五郎は、藤田や山本らにとって大事な存在だった。

彼らは表向きは解散したり逼塞状態にあったが、その多くは名前や形を変え密やかに勢力を保持していた。

昭和二十五年六月に朝鮮戦争が始まると、後方の補給基地になった日本の基幹産業は息をふきかえし、それとともに活発化した運輸荷役の業界や建設業界と古くから関係が深いヤクザ団体にも利権がこぼれ、実質的には解散前に勝る経済力を持つようになっていくのだ。

それとともに、ヤクザ団体の系列化が進み、広域団体に変貌する。

昭和二十六年になると、吉田内閣とアメリカの間に連合国との講和条約の交渉が始まっていた。

講和条約が締結されれば、日本は完全な独立を取り戻す。

しかし、日米安保条約を背景とする講和には、ソ連を中心とする社会主義諸国が反対だった。

当然、日本国内の世論も二分された。

社会党や共産党は多くの知識人らの賛同を得て、社会主義諸国も含めた全面講和を主張し、単独講和反対の運動を烈しく展開していた。

当時、共産党はマッカーサー司令部の指示によって多くの幹部がレッド・パージされ、書記長の徳田球一をはじめ最高幹部は地下に潜って非合法活動を行っていた。その、共産党が、四全協決議で「軍事方針について」を発表し、武装闘争による革命を目指す方針を出した。

共産党の影響は低下しつづけていたが、党員やシンパや影響下の労働者たちが武装闘争を行うようになれば内乱になると、法務大臣（そのころは、法務総裁）の木村篤太郎は真剣に考えたのである。彼は弁護士から政界に転じた男だが、自ら国士をもって任じていたから、武力革命を標榜する共産党に対抗する組織を早急に作る必要があると真剣に思いこんだ。

木村の肌あいは党人だが、大野伴睦のように同志や子分は持っていない。

そういう意味では身軽で、無責任なところがある。

その年の秋、反共啓蒙運動を目的とする『日本青少年善導協会』を、右翼の辻宣夫や代議士の三田村武夫らが計画し、その説明に法務総裁の木村を訪ねた。辻らの話を聞いた木村は、「いまごろ、そんな悠長なことを計画して何になるんだ。半年、一年後には赤色《せきしょく》革命が起こる。警察にも赤がはいっとるので、あてには出来んのだ。青少年に反共教育する前に、赤色革命と対抗できる団体は出来んのかね」といった。

それが、幻といわれる『反共抜刀隊』構想の始まりである。

辻らは、全国のテキヤを百五十万人、博徒を百万人とみて、その中から筋の通った二十万人の若者を結集しようと計画した。

博徒については、木村をはじめ世話人らが関東国粋会の親分で上州家二代目総長梅津勘兵衛を自宅へ訪ねてとりまとめを頼んだ。梅津は、「アメリカのMPと警察が一緒になって、博打場へ乗り込んで来る現状で国体を守れといわれても、誰も話に乗ってはくれまい」と消極的だったが、木村が、「賭博の非現行は検挙しない」と約束したので、やっと乗り出し、二百数十人の親分衆を上野『精養軒』に集めて協力を訴えた。親分たちは、子分を動員して共産党と戦うことを誓約しあったのである。

一方、テキヤの大親分関口愛治は、「街の美観を損ねるとか、暴力団とかいって露店を街から追い払い、われわれを散々痛めておいて、いまさら国家のためでもあるまいが。お断りだ」と、一蹴した。しかし、彼も関東丁字家佐橋一家の芝山益久や安田朝信らの説得で協力することになった。

『反共抜刀隊』のために必要な資金はまかせろ、と木村がいうので、辻たちは約三千七百万円の予算書を作って提出したが、結果は一文も出なかった。博徒系の梅津勘兵衛は関東の親分衆を集めるのに大金を使ったし、テキヤ系の結集のためにも関口愛治や芝山益久、安田朝信などは莫大な費用をかけている。彼らは身銭を切り借金までして木村の構想に応えていたのだから、木村の不実は深い怨みを残した。資金が出なかったのは、木村の構想が右翼嫌いの吉田に一蹴されたためだった。

その年の九月八日、サンフランシスコでアメリカを中心とする連合国との間に講和条約と日米安保条約が締結され、日本は独立した国家として新しい時代にはいろうとしていた。欧米諸国が日本国家主義の温床とみる恐れがあった右翼的な木村構想に、保守主義者だがリベラリストでもあった吉田茂が加担するはずはなかったのだ。

博徒系でいえば松葉会の藤田卯一郎や北星会の岡村吾一など、テキヤでは芝山や安田などが東五郎と回り兄弟である。木村は東五郎の兄弟分たちの関係は知っていたから、構想が膨らむ過程では当然相談している。「賭博の非現行は検挙しない」と、木村が約束したのは、入村貞治から博徒の取り締まりが厳しすぎると聞いていた東五郎の入れ智恵である。木村篤太郎は吉田総理から信頼されていた人物だが、いわゆる老獪な政治家ではなかった。それに木村は、はったりが多く、正義を実現するための目配りや要所への根回しができない男であることを五郎は見抜いていた。

その時、「……東くん。目溢しは十年だよ」と、木村から聞いた。

権力は何時、変わるか予測できない。

そして、権力はしばしば嘘をつく。

結果として、『反共抜刀隊』は幻に終わったが、その過程で博徒やテキヤの全国的な交流と系列化が進み、いわゆる広域暴力団が成立する土壌を培養する事になったのだ。

彼らの組織の再建は、まずテキヤから始まった。

業界に広い影響力を持つ、関口愛治、安田朝信などが音頭をとって、日本街商連盟が結成されたのは昭和二十七年五月である。それより前の四月十七日、吉田内閣は「破壊活動防止法案」を国会に提出してその成立をはかったが、法案が参議院で議決される直前に官房長官の保利茂と法務大臣の木村篤太郎から院外団（同交会）の海原清平に、「反対派の赤学生が国会におしかけ、社会党らの議員の手引で院内に入り議場を取り囲む計画があるので阻止してくれ」と、連絡があった。海原は、東と山本に相談して、彼らの息がかかっているテキヤ団体から屈強な若者百人を選んで院内に配置し、議場を警備させた経緯があった。

国会が紛糾するたびに、与野党の秘書団に交じって院外団の若手は院内に招集されて与党幹部の防衛に当たり、乱闘になれば一番先に殴りあったり押し合ったりしていたのである。

日本街商連盟の結成大会は浅草公会堂で開催され、来賓には東の盟友堤八郎自由党幹事が通産大臣代理で祝辞を述べ、警視庁浅草署署長の川島寛、東京警察懇談会代表の四条隆徳、自由党院外団理事の上杉智英らも祝辞を述べ、連盟総裁に海原清平を選んだ。その状況は、院外団とテキヤ上層部の一体化を示している。それを契機に、テキヤの各一家は、それぞれ全国的な連合組織を結成するのである。全日本飯島連合会、桝屋連合会、関東姉ケ崎連合会、極東愛桜連合会などが主な団体である。

博徒系では、藤田卯一郎の松葉会、阿部重作の住吉会、岡村吾一の北星会、稲川角二の錦政会、梅津勘兵衛の国粋会などが関東一円から東海、甲信越に勢力を広げ、関西では田岡一雄の山口組、本多仁介の本多会が拮抗する勢力として台頭していた。関東のテキヤ系は、関口愛治の極東組などが屈指の大組織に発展するのである。

人間は生まれた時から、様々の体験を経て変わって行く。

院外団の幹部に迎えられたのも、東五郎にとっては大きな節目であった。そして、裏社会に勢力を持つ兄弟分たちには、表社会の権力と繫がりを持つ彼の存在が輝いて見えた。テキヤ系組織の再建には、院外団幹部である東五郎の存在が大きかった。

彼は毎朝迎えに来る車で党本部へ出かけ、保護司の仕事の大半は神原録郎に任せてあった。

人間は過去を引きずっている。

仕事を変えたからといって、過去がいっぺんに断ちきれるものではない。

それでも、何年か後に過去を振り返ると、社会も自分も変わったことがわかる。

世の中から取り残されないように生きるためには、節操がないと非難されても常に陽の当たる場所にいなければならない。

東五郎と、五分の兄弟付き合いをしていたのは、ほとんど博徒やテキヤの大親分たちである。

そういう背景に個人の魅力もプラスして、東五郎は政界の裏面や院外団でも一目おかれる存在だった。

目先がきく東五郎は、朝鮮戦争が終結にむかったころに、思い切って『クラブ・ブロードウエイ』を閉めていた。

いいことは、永遠につづくはずがない。

当たり外れが多い興行と同じで、彼は思い切った賭もするが見切りも素早かった。『クラブ・ブロードウエイ』は五郎たちには大きな資金源だったが、それは敗戦で表も裏もごっちゃになったカオスのような混乱期の仇花にすぎない。アメリカ駐留軍という超法規的存在は、講和条約によって威力を喪失し後には日本の法網が被さってくる。権力から見放された非合法社会と、東五郎は『クラブ・ブロードウエイ』の閉鎖で自ら訣別したのであった。

*

昭和二十八年二月二十八日、総理大臣吉田茂は予算委員会で野党の質問中に「ばかやろう」と発言し懲罰動議が出され、三月二日には反吉田派は野党の動議に加担して欠席し懲罰が可決された。吉田はただちに国会を解散するが、その時点で政界復帰していた鳩山一郎を中心に分党派自由党が結成される。しかし、選挙資金の準備が整っていなかった鳩山一派は、その選挙で三十五人の当選に止まり、吉田の主流派は百九十九人を当選させ政権を維持した。十一月二十九日、鳩山ら分党派の二十三人が復党し三木武吉ら八人が日本自由党を結成する。

院外団の内部も幾つかに色分けされ、裏では色々な画策に加わる者もいたが、全体としては政権を握る側についていた。

二十九年二月二十三日、自由党代議士有田二郎の逮捕にはじまる造船疑獄は、戦後の一時期を除いて政権を握りつづけてきた吉田自由党の屋台骨を揺さぶり、東京地検特捜部は党幹事長の佐藤栄作の逮捕許諾請求をおこなって党の中枢部にメスを入れようとしたが、三月二十一日に法務大臣犬養健は吉田総理の指示で指揮権を発動し、検察の許諾請求を阻止した。

そのころ犬養法相の護衛を兼ねた秘書に、博徒の並木量次郎がついていた。並木は昭和初期の総理大臣犬養毅を尊敬し、その息子健に仕えて院外団にも籍をおいていた。指揮権発動をした犬養は法務大臣を辞任するが、それは彼の政治生命も失わしめることになる。

そして、吉田内閣の崩壊と、保守合同につながっていくのだ。

自由党に復党していた鳩山一郎は、改進党総裁の重光葵《まもる》と会談して反吉田で一致し、十一月二十四日に民主党を結成した。鳩山は民主党総裁の地位につき政権担当の意欲を燃やすのである。一方、自由党は議員総会で吉田茂の総裁勇退を決定して新総裁には緒方竹虎を選出した。

十二月十日吉田内閣は総辞職し、国会は鳩山一郎を総理大臣に選出した。

自由党、民主党と分かれてはいるが、それぞれに属する政治家たちの思想や政策に大きな違いはなかった。違うのは、鳩山周辺には党人派が多く、吉田系の官僚派に比べて政策や言動がアバウトだったことである。院外団はもともと党人派と同根だったが、吉田茂を頂点とする官僚派の勢力が動かし難いものになる過程で、常に権力の側に靡いて存在してきたのであった。

東五郎は党人派に親しい政治家が多かったが、かならずしも大野伴睦らに心服していたわけではない。

マッカーサーの公職追放令によって、自由党総裁の地位を吉田茂に譲って隠棲させられていた鳩山一郎は、三木武吉らを周囲に集めて政界復帰の執念を燃やしつづけ、雌伏《しふく》十年にして政権の座に就くことができた。鳩山の側近には三木武吉や河野一郎らがあり、大野伴睦など党人派の猛者が彼の影響下にあった。

それに対して、長い間政権を握った吉田茂は、池田勇人、運輸次官から政界に転出した佐藤栄作など、高級官僚を次々と政界に進出させて政府や党の要職に就けた。官僚出身の国会議員の数はまだ少数派だったが、彼らは行政機関に大きな影響力を保持して後輩の官僚を駆使する能力があった。彼らは許認可を握る官僚を使って、財界にも大きな影響力を発揮していたのである。それは、行政経験を持たない党人派に真似の出来ないことだった。

堤八郎との関係もあって、東五郎は早くから大蔵官僚出身の池田勇人に親近感をもっていた。

池田は病気で苦労した男だから、役人上がりでは珍しく物分かりがよく、人間に対する包容力をそなえていたのだ。彼は「日本経済の復興をなし遂げられる者は、我輩しかいない」と、大蔵次官を退官して広島県から衆議院に当選し初議席を得た時から広言していたのである。イギリス大使として外務官僚の頂点を極め貴族趣味が強い総理大臣の吉田茂は、経済のことはわからなかったから、親友の財界人が紹介する池田をいきなり大蔵大臣に抜擢するのである。

その時、池田は酒と肴を持って、党の執行部に大きな影響力を持っている大野伴睦の自宅を訪れ挨拶した。

それは、高級官僚の処世術でもある。

しかし、腹蔵ない池田の態度に接して、官僚嫌いの伴睦も、「池田は出来る」と認めたのだ。

2

山本五郎は、関東姉ケ崎一家の親分であり、千人を超える子分を持ち資金力もあったが、どうしても東五郎の上に立つことが出来なかった。

稼業以外の事では何時も、東五郎の後を追っていた。

政治家もテキヤも大衆の心をつかむことによって自立しているのは同じであり、また大衆には見せない裏の部分での体質もよく似ていたから、院外団は二人の五郎に住み心地がよかった。しかし、山本は東に幾つも借りがあった。興行関係で松竹の顧問に推薦したのも東であり、院外団へ誘ってくれたのも東であるから、出る所へ出ると東は自然に上座に坐る。山本には、東にそういう徳があるのはよく分かっていた。

親しいだけに心の底には悔しさが沈澱している。

そういう山本に、東はそれとなく親分の座からの引退を勧めていた。

――もう歳だろうが、ヤクザしてる歳じゃないぜ。おなじ、ヤクザでも「役」の座につかなきゃ。

一家の大親分の地位を占めた者が、堅気になったり隠居したりの踏ん切りをつけるのは容易ではない。さっぱりと跡目を決めて、御隠居と呼ばれるには山本の血の気は多く残っていた。

だからか、そのころは金銭に余計に執着をみせて、築地や伊豆に旅館を持ったり、他人名義で蕎麦屋や寿司屋を何軒か経営して財産を作るのに熱心だった。

山本が目の中に入れても痛くないほど可愛がったという、東の実子照道の話。

――小父さんはね。大金持ちになったんだけど、煙草銭ひとつ出すのも嫌だという男だった。それが、ぼくにはとても優しかった。山本の小父ちゃん、自転車買ってよって頼むとね。「いいよ」っていうのよ。それで、若い者を呼んで、「お前、一番いい自転車買って来い」ってね。で、お銭は若い者持ちなんですよ。ぼくが中学へ行くころ、ビュイックとキヤデラックとリンカーンを持って、ふんぞり返って乗っていたんだ。「みんな、かあちゃんの名義よ」っていってたな。税務署が来たら、金庫の前で裸体になってモンモン出して、刀を傍へ置いて、ハゲ頭に鉢巻きして頑張るんだといってました。

また、東五郎の秘書役だった神原録郎は、自分の体験から次のように語っている。

――私はね。東先生の使いで親分たちの家へ毎年、中元、歳暮を届けに行ったんです。たいがいの親分が、「おお、神原くん、ご苦労さんだな」といって車代を包んでくれるんです。ところが、新宿和田組の親分さんは、「ご苦労さん」というだけで、一度も小遣いはくれなかったので、ケチだなと思っていました。

ところが、ある時、千束町のごみごみした飲屋へ用事があって立ち寄ると、二階で博奕が出来ているという。わたしも、嫌いではないからちょいと覗いてみた。極東の関口愛治さんや、和田薫の親分も来ていた。私が顔を出すと、「おい、小遣い持っていきな」と、関口さんは何時もの調子でいくばくかの札束を投げてくれた。すると、和田さんがね。「おお、神原くんか。これ持ってけ」って、ばさっというほど札をつかんでくれたんですよ。びっくりしたんですね。和田さんがそんなことをしてくれるのは、初めてだったからね。

それで、後で会った時に聞いてみたんですよ。

「親分は、普段は小遣いくれないのに、あの時はどうしてくれたんですか」

「いいことを聞いてくれた。おれたちは、日頃は利の薄い商売をしているから、銭の勘定には厳しいんだ。だが、博奕をする時は、日頃の了見じゃあいけないんだな。百万持って行っても全部負けるかもしれないし、勝てば倍にも三倍にもなる。そういう銭の使い方してる時は、五万とか六万とか手銭の多い少ないは関係なくなっている。だから、小遣いが欲しかったら、博打場を覗いてみなよ」

それを聞いて、神原は日頃ケチだのなんだのいわれている山本五郎も同じだろうと思うようになった。

山本五郎が姉ケ崎四代目の引退を考え始めたのは、昭和二十九年になってからだ。

ある日の夕方、車で党本部から銀座の土橋《どばし》まで出て、ぶらぶらと銀座通を歩いている時に
「中島太郎と中村源次を、兄弟どう見ているかい」と、東に聞いた。

二人は甘党だから何時も『資生堂パーラー』に寄って帰る。

「隠居する気になったのか」

「ふん」

「……あんだけ頑張った吉田（茂）の爺さんも、時世の動きには勝てず隠居したんだ。おれも、若い者に任せてもいいと思ってるんだ」

「そうか。よく決心したな」

「まだ、誰にもいわないでくれよ」

「うん」

「藤田の兄弟は、おれが引退したらどういうだろう。山本は、財産が出来たから生命が惜しくなったんだ、と、いうんじゃないかなあ。それが癪なんだよな」

「そんなことはないさ」

　山本は兄弟分の中で、藤田卯一郎とは何時も張り合っていた。時々、東に「兄弟、あんな博奕打ちと付き合うのはいい加減にしなよ」と、いう。藤田もまた、「兄弟、どうして山本みたいなケチと仲がいいんだ。よしなよ」と、いう。テキヤは金銭にシビアーで、金銭に淡白な博徒とは生きざまが違うのだから、東はどちらかの肩を持つわけにはいかないのだ。何時も笑って誤魔化していた。しかし、彼も金銭には淡白だから、どちらかといえば藤田の生き方に好意が持てた。

　しかし、山本の決意を聞いて、

——兄弟も、潔いところがあるな。

と、感心した。

山本は、戦後の混乱期に姉ケ崎一家を復興しただけではなく、もともと稼業上の親戚だった甲州家と連合して大勢力を作り上げた男である。彼が望むなら、生涯一家一門の総帥の座にいることも出来た。千人という配下は、親分にとって銭のなる樹のようなものだ。それを、最高幹部の一人に譲るというのだ。山本は政治の裏方である院外団幹部として、自分の立場や周辺を身奇麗にしておきたくなったのかも知れない。

「さっきの話だが、資金力があれば源次だろうな。引退してもその面で兄弟が見てやればいいじゃないか」と、東はいった。

「考えてみる」

「対外的なことは、おれと入村の兄弟に任せてくれ。豪勢な披露が出来るようにするぜ」三味線堀の親分入村貞治と東五郎は、ともに四代目関東姉ケ崎の顧問になっていた。

「うん、ありがとう。おれが大きくなれたのも、兄弟が付いててくれたからだ」

思えば、お互いが不良少年だったころからの古い付き合いである。東は浅草の興行界にいたが、山本は旅に出たり刑務所務めの時期もあったりで、若い時に再会するのは何時も突然だった。東が綾子と世帯を持ったばかりのころ、博奕に負けた山本が屋根伝いに東のアパートへ逃げ込んだり、向島の料亭から頼まれた山本が松竹本社へ掛取りに行ってみると相手が東だったりで、二人にとっては噴き出すような思い出が多い。

一方、そのころ博徒上万一家を継承した藤田卯一郎は、昭和二十四年の団体等規正令によって解散させられた旧関根組系の幹部を糾合し、組織の再編をはかって後の政治結社松葉会を結成しようとしていた。彼もまた、戦前から院外団と関係が深かった関根賢や東五郎らに、政治的影響を受けていたのである。

その年の暮れに、山本と入村が千東の東を訪ねて来た。

「……年がかわったら、五月に跡目譲りの式をしようと思っている」と、山本がいう。

「それで、跡目を決めたんだね」

「うん、中島太郎だ」

「なるほど」と、五郎は頷いた。乱世の時期なら、文句なしに中村源次だったろうと思う。源次は山本にとって一の子分だった。だが、平穏になって来たいまは、敵の少ない中島太郎のような人物がよいかもしれぬ。入村も東も、中村源次の侠気を愛していたので残念な気持ちも残った。

「源次には、四代目山本分家を名乗ってもらう」と、山本はいった。

――源次というのはね。これは本当のヤクザでね。上野の山で斬りあいしたりして、それで、滅多斬りに斬られてんですけど助かっちゃうんですね。ちょっと話が違うと、カーッとなってやっちゃうほうなんです。だけど、戦後はだんだんみんな頭が良くなって、ヤクザでもお金蓄めたら商売して将来困らないようにって。源ちゃんていうのは、お金もったら全部使っちゃう。怖がられたけど、役者ゆすったりなんかは絶対しなかった。

と、東綾子は語る。

中村源次が五代目を継ぐべきだろうが、姉ケ崎という大家門を統率していくには資金力がなく気性がきつ過ぎたかもしれない。

＊

昭和三十年の春になった。

山本五郎の周辺では、彼の引退と五代目襲名の準備が始まっていた。

関東姉ケ崎一家は、初代広野要次郎、二代目小島貞二郎、三代目島村雅治、四代目山本五郎とつづいたテキヤの名門である。また、初代広野要次郎は小島に代目譲りしたあと姉ケ崎分家として甲州家を興し、歴代数多くの分家を輩出している。特に山本の代になって以来、交友関係は広まり親戚、兄弟関係も多くなっていた。そういう一家一門のすべてに根回しして跡目を承知してもらい、稼業上の親戚や兄弟関係や業界の実力者らに挨拶して賛同の名前を貰うのである。

一家の幹部は手分けして、それぞれの持ち分を決めて挨拶に回り、書状へ名前をもらうのだ。

稼業上の付き合いは全国に広がっているから、幹部が一々足を運んで挨拶するだけでも一月以上もかかる。

それから名簿を作って、印刷に回す。

稼業上や渡世上で暗黙のうちに決まっている貫目《かんめ》があり、序列も厳格だから、名簿の整理には神経を遣う。

ヤクザの引退、襲名は、その一家にとって最高の儀式である。

跡目の推薦人や見届人の人選は、当代の貫目に関わるので業界の大物の名前が必要だ。

その点、山本五郎は申し分のない先輩や兄弟分を持っていた。

「取持人は、山春の小父さんだな」

「古式床しい作法を一番よく知ってるからね」

「思い切り、立派な襲名式と派手な披露をしたい」

山本五郎の兄弟分には博徒も少なくなかったが、推薦人は稼業のテキヤ業界の長老たちである。

吉本治作　　姉ケ崎二代目の舎弟、大頭龍一家総長
尾津喜之助　飯島連合会会長
中村元信　　奈良県神農連合会名誉会長
木暮初太郎　北海道木暮事業部（木暮サーカス）
関口愛治　　日本街商組合連合会会長、極東愛桜連合会会長
芝山益久　　東京街商組合組合長、関東丁字家分家芝山組組長

見届人には、稼業関係と博徒系の代表が三人ずつ並んだ。

関口愛治　　極東関口初代
芝山益久
吉本治作
関根賢　　　元関根組組長

新田新作　　新田建設社長
田岡一雄　　神戸三代目山口組組長

その他、親戚総代、友人総代はじめ全国の知友の名前が揃った。

昭和三十年五月十二日、言問通に面した浅草田圃の料亭『草津亭』の門から通りにかけて、通りかかった人々がびっくりするほど豪華な花輪がずらっと立ち並んでいた。門の横には、大きな字で「関東姉ケ崎五代目襲名式場」の立て看板がある。中でも人目を引いたのは、時の総理大臣鳩山一郎の花輪であった。鳩山の他にも、東京選出の代議士や都会議員などの花輪が稼業関係の花輪と一緒に並んでいた。

ヤクザの襲名式に、現職の総理大臣が花輪を贈ったのは後にも先にも例はないだろう。

しかし、鳩山にとって、テキヤの山本五郎たちは選挙区に勢力を持つ院外団であり、そういう意味では身内同然の存在である。彼らは、鳩山が公職を追放された不遇時代にも度々音羽の鳩山邸を訪れ、盆、暮れの贈り物は絶やさなかったのだから、花輪が欲しいといえば断りきれない関係にあった。

儀式に出席する者は、朝早くから『草津亭』にやって来た。

その後は、披露宴に出席するため前日から東京で泊まりこんでいた各地の関係者が、供の若者を連れて続々と集まって来る。

テキヤの襲名式は、博徒の儀式よりも派手で、極めて古風な伝統を踏まえて行われる。

式場の正面に祭壇が造られ、その背後には「神農黄帝」、左右に「天照皇大神」「今上天皇」と書いた掛け軸が祀られる。祭壇の中央に、二十本の麻紐をかけなびかせた大榊が供えられ、その下段には三宝に載せた赤飯、鏡餅、野菜、果物、鮮魚と神酒瓶二本を供えてあった。

定刻になり、祭壇の右手に四代目の山本五郎、左手に跡目の中島太郎が着席する。

山本は烏帽子に錦の直垂を着け、中島は白衣の上に大鎧を着けていた。

その状況は、鎌倉武士の元服式に準じている。

式場の両脇に、推薦人と見届人が並び、つづいて主だった同業の親分衆が着席し、後方には一家の代表が整列して坐る。

神主の祝詞と修祓式の後、世話人の開式挨拶があり、司会者が式次第を進行することになっていた。

最初に、譲り親の山本五郎の口上がある。

「……御列席の御一同さまに、一言ご挨拶申し上げます。今般、先輩、諸賢及び一家一門の推挙によりまして、小生若者、中島太郎儀をもって関東姉ケ崎五代目を相続致さすことに相成りました。何分、本人は未熟、短才、業界にも日浅き者でありますれば、私同様に御引き立て御指導の程、御願い申し上げます」

恰幅のよい山本五郎の口上は、堂々として式場に響いた。

つづいて、代目譲りの盃になる。

烏帽子に直垂を着けた取持人の山田春雄が神前に玉串を捧げて拝礼して下がり祭壇に向かって着席すると、巫女代わりの若者が三宝の神酒瓶と二つの盃、塩、魚を下げて取持人の前に置いた。その間、譲り親から順番に、子、親戚総代、推薦人、見届人等の玉串奉奠《ほうてん》がつづいている。彼らが着席し終わったところで、取持人の山田春雄は盃を白紙で丁重に拭ったあと瓶を取って三度押し頂き右手人指し指と中指で二度神酒の口を切る。二本の瓶を同じ作法で清めると、代わる代わる盃に注ぎ最後には二本の瓶を両手にして同時に神酒を盃に注いで神前に供える。

同じ方法で、もう一つの盃に神酒を満たし譲り親に差し出す。

山本五郎は、その酒を三口飲んで取持人の山春に返す。

山春は同じ要領で盃を満たして跡目の中島太郎に差し出し、中島も三口で飲み干して盃を山春に返した。

その盃は山春によって次々に満たされ、見届人、立会人、親戚に回されて一巡した後に取持人がお流れを飲み干して白紙に包み跡目に渡す。盃が終われば、姉ケ崎の当代は中島太郎である。しかし、五代目襲名にはさらに華麗な儀式が用意されていた。護り刀を譲る儀式であった。介添人が神前に供えた護り刀を下げて譲り親の山本に渡し、山本は取持人の山春に渡す。山春は歌舞伎役者のような良い男である。彼が鞘を払って太刀改めをする姿は一幅の絵であった。刃先がきらりと光って鞘に納まると、その刀を中島が押し頂いて受け取った。静寂から一転し、江戸前の粋な法被姿の鳶職が「木遣り歌」を披露し、華麗な儀式の終わりを飾ったのであった。

式が終われば、豪華な披露宴が待っていた。

山田春雄に頼まれて、その儀式に必要な式次第や親分衆の名札を書いた神原録郎もほっとした。

盃のあと東五郎は、山本の瞳にきらりと光るものを見たように思う。

それは幻覚だったかもしれないが、思えばお互い無事にいままでよく生きてこられたと思うのだ。若い無頼の時代に、相撲取りに喧嘩を売って、あっという間に吹っ飛ばされたこともある。山本の喧嘩の巻き添えで、東も抜き身の若者に追い回されたりした。そんな出来事が、走馬灯のように瞼をよぎっていくのである。

やがて芸者や六区で活躍している役者などが、宴席にまじって賑やかな披露宴になっていった。山本五郎は、新しく一家の頭領に就いた中島を引き立てるように、出席してくれた同業者たちと歓談している。

「いい、披露だな」と、入村貞治が呟いた。

「うん」東五郎も、山本のためにはこれで良かったと思う。

「明日になれば、山本の兄弟も寂しくなるんじゃないかな」と、入村はいう。

彼は、関東の祝儀、不祝儀には欠かせない人物だった。

何時も裏方にあまんじて、でしゃばるような事はしなかったが、大事な局面では頼りにされていたのだ。彼は何人かの親方の引退をみてきたが、今日のように立派な儀式をして後継者に代を譲り引退した者は少なかったと思う。

「寂しいのは、一時さ」と東はいう。「山本の兄弟はね。事業が益々忙しくなるだろうよ」

「違いない」入村はくすりと微笑んだ。山本は事業家というより投資家である。目先がきいていて、売り物件があると居抜きで買い取り、自分で経営し、身内の者に任すか他人に貸かして分をとっている。事件物の不動産が出ると、「いい出物があるんだ、兄弟ちょっと見てくんないか」と、入村に相談する。入村は物欲がないから、曇りのない目で物件を観察できる。彼が、「買っときな」といった物件は、直後に値上がりして儲かることが多かった。

赤坂見附の弁慶橋を渡った紀尾井町の土地建物も、入村の勧めで山本が買い取り大儲けした。

しかし、入村は分け前をよこせとはいわない。彼は、「持ってくるなら貰ってやるが、こちらからよこせというのは嫌だな」という男だ。

＊

引退した翌日、山本五郎は東五郎と二人で、襲名式に名前を貰った政界関係者の所を挨拶に回った。

「さばさばしたよ」と、山本はいう。

「そうかい」

「東の兄弟がいうように、これからは役の座につくんだ」と、山本は大きな声で笑った。

「まあ、若い女でも抱いて、のんびりと長生きすることさ」と、東はいった。

彼らは過去を振り返らない。済んだ事よりも、今日を考える。そういう意味では、きわめて刹那主義的だが。

女といえば、東五郎の口説きは名人芸であった。

どうして、易々と娘が口説かれるのか、山本五郎には不思議だった。

「兄弟はこのごろ、女の趣味が変わったようだな」と、山本はいう。

「そうなんだ。昔はね。細身の柳腰を見るとむらむらっときたんだが、このごろはピチピチしたボインのグラマーもいいんだなあ。時代の所為よ」と、東が笑う。

「おれは、昔も今も別嬪ならどっちでもいいんだ」

「そりゃあそうだ。別嬪でなけりゃ、おれは相手にしないよ」

「鳩山の総理も、半身不随になって療養していた時も隠し女に会いたがってたからね。おれたちもそうだが、政治家というのも随分と助平が多いなあ」

「政治家といっても、斬った張ったの娑婆だもの、何処かで息抜きしなきゃ気が狂っちゃうだろうよ。それに女房に隠れて女遊びするところにスリルがあるんだ」

「違いない」

彼らは院外団の幹部役員だから、何日かに一日は当番で朝から晩まで本部に詰める。本部には、何時でも三、四人の幹部が詰めていた。総理や閣僚が何処かへ出かける時には、若い団員を連れて護衛するのである。そのころは、総理大臣でも護衛の警察官は二人しか付かなかったから、必ず院外団の当番が供をして行動したのである。その他にも、国会が荒れると動員がかかってくるのだ。

当番でない時は、まるでお神酒徳利のように二人の五郎は、連れ立って党本部をでて山本自慢のリンカーンで帰途につく。何時も矢崎武昭が、二人の供をしていた。銀座の土橋付近で車を降り、ぶらぶらと歩く。足が弱っちゃいけないというので、足慣らしに散歩するのだ。

　そのころ山本は、築地警察署の近くにある旅館『熱海荘』が住まいだった。銀座を歩くと、『月ケ瀬』という汁粉屋があった。二人とも甘党だから、雑煮とか善哉を食べて無駄話で時間をつぶす。

「今夜はどうする」と、山本が聞く。

「何処かに、いい女はいないのかねえ」

「兄弟の女好きは、病気のようなものだなあ」

「おれは、兄弟のように金や財産には未練も縁もない。女道楽が、たった一つの生き甲斐なんだぜ」

「いったい何人の女と寝たら満足するんだ」

「わからんな。死ぬまで女の肌に触っていたいよ」

「おれもなあ。財産だけ出来ても仕方がない。そのうちに、兄弟が目をむくような別嬪を彼女にもつぜ」

「それは、楽しみだな」東五郎はちょっとニヒルな表情で、コールマン髭を撫でつける。

　豪華な引退披露からしばらくたったころ、山本五郎がにやにや笑顔を見せるようになった。

「……どうしたい。兄弟はとろけそうな顔してるじゃないか」と、入村貞治が聞いた。

「いい女ができたんかい」東五郎は、山本の癖を知っている。いい女が出来ると、東に見せたくてしょうがないのだ。

「そうなんだ。もう身が持たない位の好き者なんだよ」

「尻の毛をむしられないように気をつけなよ」と、入村は冷やかす。

「もう、財産も何も要らないよ」

「そんなにいい女かね」

「そうなんだ、見たいかい」

「そりゃあ、兄弟の女だからな。知らない所で出会って間違いを起こすと不味いだろう」と、東はにやにや笑った。

そんな話があって、東五郎と入村貞治は山本の女を見ることになった。

山本が指定した場所は、向島のさる料亭である。「いいよ」といって、東と入村は山本より後からその待合へ行った。大入道のような山本が、風呂から上がり火照った顔の浴衣がけで二人を迎えた。

「いいかい。これから、おれが女とするところを覗いてくれよ」

「兄弟が白黒の実演を見せてくれるのか」と、入村は苦笑した。

東と入村が風呂から上がって部屋に帰ると、山本五郎は「これから始めるからな」といって隣の部屋へ行った。しばらくたつと、襖の向こう側に妖艶な雰囲気が漂い、「兄弟いいぜ」

と山本の声が聞こえた。電気を消し閉めきった部屋の襖をそっとすかせて見ると、煌々たる明かりの下で上半身一面に入れ墨をした大男が、白い小柄な女を組み敷いて性交のまっ最中だ。まっ裸に剝かれた女は二十五、六歳だろうか、すでに佳境に入り白い股をはだけ足を男の胴に絡ませ啼き啜り見られているとは気付かないほど燃えている。

山本が責めつづけている女は、蛇婬の精のように燃え尽きることなく快楽の深淵を求める。顰めた表情が、たまらないほど可憐に見えた。

息も絶え絶えの女のよがり声に交じって、「いい女だろう」と、嗄れ声の山本は自慢した。

――兄弟が幾ら精力家でも、この女には精を吸い尽くされミイラにされるだろう。

と、東五郎は思う。

くりから紋々の大男に絡みついた女は、あぶな絵でも見た事がないほど怪しく美しい表情の変化を見せる。いやらしいと思えば下品だが、媾合《こうごう》して達する快楽こそ美の極致だ。女体は男のすべてを吸収し、優しくつつみこんで安らぎを与えてくれる。

「……どうだった」と、事が終わり山本はさっぱりした顔で東に聞いた。

「まるで女婬の精だよ」

「少し高いが、三味線堀の兄弟に貸してやろうか」

「いいよ。おれの趣味じゃないんだ」

無骨な入村には、そういう遊びは苦手である。

しかし、東五郎は若いころ詩人でペラゴロのボスだったサトウ・ハチローなどが、好き者の女優たちと乱交したり、親しい兄弟分と一緒に悪戯遊びをしてきたから、山本の気持ちの一部が理解できた。彼にもなんとなく、自虐的にふるまいたいときがあるのだ。姉ケ崎一家四代目という、関東きっての親分の地位を引いた寂しさが、ひととき山本の心を狂わせているのだと思う。

3

政界は魑魅魍魎の世界である。

——よく似ているな。

と、東五郎は何時も保守政界とヤクザ社会や興行界を比較してみる。

戦後政界の惑星、広川弘禅は晩年の吉田内閣の農林大臣だったが、吉田首相が予算委員会で「ばかやろう」と暴言を吐いて問題になると反主流派を率いて欠席戦術をとり、野党が出した懲罰動議の可決に加担した。そのため、吉田は衆議院を解散して総選挙になる。いわゆる、「ばかやろう解散」だ。吉田の腹心で党幹事長の佐藤栄作は、広川の選挙区へ対立候補を送り込んで広川を落選させた。対立候補は、政界の刺客である。その落選で、広川の政治生命は断たれるのだ。共通するのは、俠気である。そして、頂点に立つ者と下積みの者の烈しい落差も似ている。厚い友情があるかと思えば、身内のような親しい者から裏切られる。それは、普通の勤め人の社会とはかなり異質の社会だが、興行界に育った東には、院外団に対して違和感もなかった。

いまは、鳩山を中心に党人派が政権を握っているが、吉田の弟子で佐藤と双璧といわれた池田勇人は、旧吉田派のおもだった同志をまとめて、一派を形勢しようとしていた。池田の周辺には、大野伴睦と並んで鳩山系の三羽烏と言われた元副総理の林譲治や益谷秀次《しゅうじ》という党人派の大物代議士も集まっていた。

――そのころの院外団は、いまみたいに品はよくないから、組関係の親分たちがかなりいましたね。昔は、区会議員あたりでは、簡単には入れてもらえなかったんですよ。朝風呂に入って、懐にはずしっと小遣い銭を持って、悠々とやってくるような人たちが多かった。だから、なかなか入れてもらえない。

それで、団員になると、料亭を借り切って一席持って、幹部や仲間に挨拶するのが仕来りのようになっていた。都議会だの区議会などの議員を入れるとなれば、みんないれなきゃならないが、そういったもんじゃないという誇りがあったね。

もともとは、国会議員を狙って落選したり次に出ようかという者が、いったん此処に籍をいれたんです。しかし、われわれは、此処は落選議員の溜まり場じゃないんだって、反発したこともありますよ。本来の趣旨は、「時の総理に仕える、いわば旗本なんだから、あんまり派閥に関与してはいかん」という考えがあったんです。でも、まあ、個々にはね。それぞれ派閥との関係はありますわね。


と、矢崎武昭はいう。

長くはつづかないと見られているポスト鳩山にむけて、派閥の地下水脈が幾つも交錯していたので院外団もその影響は受けていた。

親友の堤八郎が池田に付いているから、どちらかといえば東も山本も池田寄りの存在だった。

しかし、特別に癒着していたわけではない。

当時は、院外団には二派あり、一方の旗頭《はたがしら》が堤八郎でもう一方が荒牧忠志である。双方に幹部役員が七、八人ずつ付いいて団の主導権争いをしていたが、もともと団の性格は時の政権の護衛だったから表だっての争いにはならない。ただ、政権に人脈の近い方がいいに決まっている。

三木武吉は、鳩山一郎の盟友だった。

彼は、ありとあらゆる権謀術策をめぐらし鳩山政権を作り上げたが、その過程で保守政権は革新勢力の追い上げに直面していた。昭和三十年二月二十七日の総選挙では、鳩山の民主党百八十五、緒方の自由党百十二議席の保守勢力に対して、革新勢力は左派社会党八十九、右派社会党六十七議席、それに労農党、共産党を併せて百六十二議席の憲法の改正を阻止できる数を獲得していた。そして、十月には左右社会党が統一するのである。

このまま保守政界が離合集散を繰り返していては、安定政権は出来ないと三木武吉は痛感していたのだ。

三木は胃癌におかされて幽鬼のように痩せほそった体に鞭うち、自由党系の大ボスになっていた大野伴睦を説得し、保守合同の計画に賛同させた。そのころの保守政界は、民主党は総理大臣の鳩山一郎を頂点に、河野一郎系、岸信介系、三木武夫系等があり、自由党は吉田の後継総裁の緒方竹虎を中心に石井光次郎系、池田勇人系などがあった。しかし、誰が総理になっても単独では安定政権とする力はなかったのだから、三木武吉と大野伴睦の会談は政界に大きなインパクトを与え、保守合同の気運は一挙に高まっていくのだ。

三木・大野会談の後、民主党幹事長の岸信介、総務会長の三木武吉と自由党幹事長の石井光次郎、総務会長大野伴睦の四者会談があり、つづいて鳩山、緒方の両総裁が院内議長サロンで話し合い、そこで保守合同の大筋が決まった。

さまざまの曲折はあったが、三木武吉の執念は実ったのである。

政党政治が始まって以来、はじめての単一保守政党が誕生することになったが、新総裁の選出は出来なかった。

その代わり、総裁代行委員をおくことになった。

代行委員は、

鳩山一郎（前民主党総裁）

緒方竹虎（前自由党総裁）

三木武吉（前民主党総務会長）

大野伴睦（前自由党総務会長）

の、四人である。

幹事長は岸信介、総務会長は石井光次郎、政調会長は水田三喜男という、足して二で割るという人事の裏側に、ポスト鳩山を睨んだ生臭い駆け引きがあった。党の総裁は決めなくても内閣の首班は必要である。内閣は引き続き鳩山中心の組閣が進められ、その裏で「鳩山の次は緒方」の密約がなされたのである。新党には、衆議院二百九十九人、参議院百十八人の議員が加わったが、吉田茂と佐藤栄作、橋本登美三郎は参加しなかった。

保守政党としては統一をはたしたが、その代わり次の政権を睨んで、俗に、「八個師団一連隊」と呼ばれる自民党の派閥が形成されていく。

名目上の四人の代行委員に対して、党の要である幹事長を握った岸信介が豊富な資金力にものをいわせて党内の地位をかためていた。彼は東京帝国大学出身の秀才で、商工省に入り戦前から経済界の中枢に厚い人脈を築いていた。戦時中に東条英機内閣の商工大臣に抜擢され、その後東条が兼務した軍需大臣のもとで国務大臣兼軍需次官を務めている。敗戦によって、A級戦犯として極東裁判にかけられ巣鴨拘置所暮らしをしたが、釈放されたあと彗星のように政界復帰していた。

戦後の政界復帰は遅れたが、戦前から彼に兄事していた商工官僚出身の川島正次郎、椎名悦三郎、赤城宗徳《むねのり》などや大蔵官僚出身の福田赳夫《たけお》らを周辺に擁していた。さらに、実弟の佐藤栄作も、保利茂、田中角栄、橋本登美三郎、二階堂進などを率いて一派をなし、岸の援軍を形成しようとしていた。

さらに岸は、日本商工会議所の会頭だった藤山愛一郎の支援をうけていた。

敗戦によって三井、三菱、住友などの巨大財閥が解体され、戦前派の財界人は引退を余儀無くされたが、比較的軍部との結びつきが希薄だった大日本製糖などを中心とする藤山財閥は唯一といってもよいほど健在だった。戦後派の三等重役が細々と企業を守っているなかで、財閥の当主である藤山愛一郎は突出した財力を持っていたのである。藤山は、戦時中に移動演劇連盟の会長に担ぎ出されたこともあり、東五郎とは弟の田中元彦よりも古くから交渉がある。

演劇連盟の関係で知り合った細川ちか子という新劇女優が藤山の愛人だった。

藤山は、芸術を愛する貴族的な財界人だ。

東京帝国大学法学部きっての秀才だった岸信介は、政治好きの長州人で、旧満州国で辣腕をふるい、役人時代から怪しげな資金を操る官僚として傑出していた。彼の周辺には、利権屋まがいの政治ゴロが付きまとい、岸はそういう怪しげな男たちを上手に操る能力にも秀でていたのだ。

――鳩山の時代は短い。次は、緒方竹虎だが、その後には必ず岸が台頭するだろう。

と、五郎は観察していた。

昭和三十年十一月十五日に東京神田の中央大学講堂において、党名を『自由民主党』と呼ぶ新党結成大会が開かれた。

その日、中大講堂には党の役員や衆参両院議員をはじめ全国から代表が集まり、院外団も大量の動員をかけて大会を盛り上げた。満員になった大講堂の雛壇には、四人の代行委員以下新しい党の役員幹部が並び、雛壇の後方には東五郎や山本五郎ら院外団幹部の顔も見える。

「兄弟。雛壇から見下ろす気持ちは格別だ」と、山本は東にいう。

「役の座だよ」

「まったく、そうだな」山本は興奮しているのか赤ら顔だった。以前に院外団の全国大会を開いた時、東五郎が副議長席に着いたのに山本は壇上にも上がれなかった。「同じ、常任理事じゃないか。どうして、差別されなきゃいかんのだ」と、彼が怒ると、「兄弟は、ヤクザの現役だから遠慮しなけりゃいかんのだ」と、東にたしなめられたのを思い出す。ヤクザを引退したいまは、誰に遠慮もいらない。合同した政党の支持勢力を代表して、院外団幹部の何人かが壇上にいるのは当然のことであり、山本五郎もまさしく院外団幹部の一人で誰からも後ろ指をさされない存在になっていた。中央に大きな国旗『日の丸』を飾り、右側に「立党宣言」、左側に「綱領」を大書して張りだしてある。

東も山本も舞台下手後方に立って、次々と演壇に立ち発言する役員たちの演説を聞いていた。

山本が感激しているのを見て、東五郎も嬉しかった。

新党結成大会こそ、院外団に籍をおく彼らにとっても新生の儀式である。

自由民主党の発足に呼応して、院外団も「自由民主党同志会」と改称した。

二人の五郎も、ひきつづき常任理事になった。

＊

鳩山一郎は、第二次世界大戦の完全終結のために、単独講和を選んだ吉田茂が果たせなかった日ソの国交回復を悲願としていた。

昭和三十年六月一日、ロンドンで日ソ国交回復の交渉が始められたが、北方領土の問題で対立し、いったん交渉休止になる。次いで、翌三十一年一月十七日、交渉が再開されたが依然として領土問題で難航し、交渉は再び休止された。

緒方竹虎の急死で、四月五日の自民党党大会は鳩山を初代総裁に選出した。

鳩山は三百九十四票の支持を受けたが、旧吉田系の石井、池田派は、白票その他で九十五票の反鳩山系票を出した。鳩山は、党の圧倒的支持の上にたち政治基盤が固められたことで、北洋漁業の交渉にあたっていた腹心の農林大臣河野一郎らによるソ連との国交回復についての糸口を模索させた。

その年は、政局多難の年になる。

四月三十日、小選挙区制法案を国会に上程したところ、俗に自党の利を図る「ハトマンダー」として野党の猛反発を受ける。さらには、新教育法案をめぐって参議院が混乱し、鳩山内閣は警官を国会に導入して成立を図る。ところが、七月八日の参議院選挙では、自民党六十一議席に対して、緑風会五、社会党四十九、共産党二、諸派一、無所属九という結果に終わる。

七月末に、日ソ交渉が再開された。

九月六日、経団連を中心とする日本の財界は、自民党に鳩山の引退と庶政一新を申し入れた。

それは、吉田系の保守主流を自任する池田勇人ら、自民党内の反鳩山勢力と呼応する動きである。

鳩山は自分の引退と引き換えに、「領土問題を棚上げして、日ソの戦争終結宣言、大使交換、日本の国連加盟など」を認めることを党内に提案したが、反主流派は政調会や総務会で「領土問題棚上げ」に反対し鳩山の訪ソをめぐって紛糾しつづけた。それに対して、鳩山は「領土問題を含む平和条約交渉は、国交正常化後においても継続して行う」というソ連側の回答を取りつけ、十月十二日にストックホルム経由でモスクワ入りし、十九日に共同宣言の調印を行った。それによって、日本の国連加盟が可能になった。

十一月二日、「健康で若い人に、後を譲りたい」と、記者会見で鳩山が言明したことでポスト鳩山をめぐる動きが一挙に顕在化した。

岸信介、石橋湛山《たんざん》、石井光次郎の三人が、次期総裁に立候補していた。

岸は、永田町のグランド・ホテル。石橋は、日比谷の日活国際会館九階。石井は、赤坂にある自分の事務所にそれぞれ選挙事務所をおいた。

それからは、百鬼夜行である。

岸派のグランド・ホテルには、代貸《だいかし》の川島正次郎をはじめ、赤城宗徳、椎名悦三郎、福田赳夫らの参謀が集まって日々情報を交換して票読みをはじめていた。それに、佐藤栄作が保利茂や田中角栄などを率いて加わり、やがて河野一郎も「岸くんを支持する」と、一派を率いて戦列に参加した。河野は農林省三番町分室に独自の選挙事務所をつくって、岸派の別動隊として票集めをしていた。彼は大野伴睦を味方に加えようと説得をつづけるが、

「おれは、役人上がりは嫌いだ。とくに、佐藤は虫が好かん」

と説得に応じない。

石橋派の参謀は、マージャンが強く勝負師の異名を持つ石田博英《ひろひで》であった。石橋を押し立てたのも、大博奕である。岸を嫌った大野が石橋を支持し、旧改進党系の三木武夫や北村徳太郎もそれぞれ同志をまとめて石橋陣営に加わった。五人の代議士に通産大臣、八人の代議士に農林大臣を約束したといわれるほど石田の工作は凄かった。その辣腕ぶりは、後々までも政界の語り草になっている。

石田博英は、ライバルの石井派にも工作の手をのばした。

石井派は、灘尾《なだお》弘吉《ひろきち》、篠田弘作、塚田十一郎、山崎巌などが中心になって形成されていたが、彼の参謀長には不足だった。そこで、結束の固い一派を率いる池田勇人が実質上の総参謀になる。池田派は旧吉田系の主流で形成されていた。林譲治、益谷秀次などベテランの党人に加え、大蔵官僚上がりの前尾繁三郎、大平正芳などがいる。池田は、石橋の参謀石田博英がもちかけた密約、「二、三位連合」に乗って決戦の当日を待った。

一票一票をめぐる熾烈な裏面工作には、多額の資金が投入された。

岸も、石井も、石橋も、それぞれ資金を用意したが、応援団の河野や池田もそれぞれ自分の資金を投じたのである。

「岸信介って、信用できるかい」と、東五郎は中野四郎に聞いた。

「いうなれば、怪物だな」

「そうだろうなあ。巣鴨から帰ってきたと思うと、瞬くうちに政界に復帰して天下を狙う。藤山財閥が後押ししてるから資金力もある」

「おれは、弟の佐藤栄作に盃もらったから、こんどは岸の応援団だ」

「吉田、鳩山の死闘が終わったら、また新しい政争だ。しばらく、乱世はつづくだろうね」

「望むところよ。おれたちの出番は平時にはやって来ないんだ。先ず岸に天下を取ってもらう。次は、弟の佐藤が取る」

「そんなにうまくいくかな。一寸先に闇がある。何が起こってもおかしくはないんだぜ」と、東五郎はいった。

彼は池田の側近から、石田との密約を聞いている。

二派とも単独の勝ち目はないが、連合すれば五分の争いが出来る。

昭和三十一年十二月十四日が、新総裁選出の党大会である。

約一カ月の間、投票権を持つ代議員の争奪がつづいた。

代議員は、党に所属する衆・参両議員と、地方代表の都道府県支部の代表だ。

岸派は約一億円の資金を用意し、石橋派は六千万円、石井派は四千万円を用意して、代議員の買収工作費に当てるという。党の総裁を選ぶのに、大金をばらまく無法慣習が出来たのはこの時からだ。金が動くところに、人の心は集まってくる。政界の裏面に依拠する院外団の幹部らも、それぞれ密かにつながる人脈によって裏工作の尖兵としての働き場所があった。代議士たちの資金源や女関係などは熟知している彼らは、どこから付け入ればよいか人の弱点を知りぬいている。秘密を要する裏工作に役立たないはずはなかった。金で買収出来ない者は大臣の約束をする。地方から上京して来る代議員は、羽田空港や東京駅や上野駅に網をはって待ち構え、旅館の客引きのように拉致して自派の旅館やホテルに連れ込み、金と酒に女を抱かせて大会当日まで軟禁するのだ。そういう仕事には、東五郎や山本五郎らの人脈が役立つ。中野の裏をかいて、岸派に近い代議員の何人かは彼らが取り込んだ。

それでも、岸派は他を圧倒していた。

えたいの知れない所へも、平気で金をばらまく度胸がなければ天下は握れない。そういう意味では、岸に一日の長があった。

彼は官僚そのものだった弟の佐藤と違って、一種の妖怪である。

大手町のサンケイホールで開かれた自民党大会は、まさに政界のドラマそのものだった。

はじめから、会場には熱気が漂っていた。

それは、岸、石橋、石井の戦いというだけではなく、その次を狙っている河野や池田や佐藤の力比べもみられるからだ。

まず、第一回投票で、岸は過半数に迫る二百二十三票を獲得した。

次いで、石橋は百五十一票。

石井は百三十七票だった。

大会議長の砂田重政が、「岸、石橋、両君による決戦投票を行います」と、いったとき会場には怒号とどよめきが起こった。会場の片隅で東五郎は隣の山本五郎に、「順調にいけば岸の勝ちだな」と囁いた。彼らは投票権を持っていなかったが、特別の傍聴席についていたのだ。

「うん」

「賭けるかい」

「いいよ」

「でもね。種が判ってる勝負に勝っても、ブンキ（気分）が悪いからやめとこう」と東はにやりと笑った。

それは、東の勘である。池田派は次のために、結束して票をまとめ石橋に投票すると睨んでいた。

二度目の投票が終わり、集計がつづいた。

二百五十一票までは、互角に競り合っていた。

会場は寂《せき》として、咳一つ聞こえない。

最後になって、石橋票が七票上回っていた。

集計結果が発表されると、僅差で総裁の地位を獲得した石橋派は狂喜した。

「これは、最高のドラマだ」と東五郎は呟いた。

「ヤクザの喧嘩よりも興奮したな」

「それにしても、博英という男は大博徒だなあ」

「しかし、鳩ポッポの爺さんの引退よりも、これの方がすっきりしていたぜ」と、山本五郎はいった。

「それも、そうだ」

石橋湛山は、万歳三唱で新総裁の座に就いた。

新総裁の石橋を護衛し会場を出ようとした時、東は中野に出会った。

渋い顔で、「五郎ちゃんは、密約を知っていたのか」と、中野が聞いた。

「蛇の道はへびさ。人生は回り舞台。またいいこともあるから落胆するなよ」と、五郎は答えた。

石橋は、国会でも首班指名を受け、石橋内閣を組閣した。岸を副首相格の外務大臣に取りこみ、池田を大蔵大臣、官房長官に石田博英、党の要に当たる幹事長には三木武夫を配して新内閣を発足させたが、その政権は石橋が脳軟化症で倒れたため二カ月しかつづかなかったのである。

いったんは政争に敗れたが、強運の岸信介は不死鳥のように政権を握るのである。

こんどは、中野四郎の機嫌がよかった。

――政治とは金がかかる最高の道楽である。

と、東五郎は述懐している。

第四話　報復

1

鳩山内閣から岸内閣にかけて、政界の裏面に大きな影を落としていたのは右翼の児玉誉士夫である。

戦時中には海軍の特務機関長として中国で暗躍した児玉は、敗戦の時期に莫大な宝石類を持っていた。彼は岸と同じくA級戦犯として巣鴨プリズンに拘置されるが、彼の宝石類は辻嘉六によって換金されて、自由党の創設資金にあてられ、鳩山と深い関係ができる。児玉も、岸と同じように社会復帰をするが、もっぱら政界、財界の裏面にあって隠然たる力を蓄積していた。

東五郎と兄弟づきあいをしている岡村吾一は、右翼の岩田富美夫《ふみお》に依頼されて戦前から児玉の側近になっていた。岡村は児玉に兄事していたが、戦後は児玉が関係する利権とは距離をおいていた。

東五郎も、岡村の紹介で児玉と会った。

しかし、彼も児玉と深くは関わらなかった。

その理由には、池田勇人の親分吉田茂が右翼嫌いだったことも挙げられようが、もともと東五郎は自由人であった。

極端な規範で、人間を統制する社会は彼の肌に合わない。

彼の姿勢は、何処かに戦争の匂いが残る岸信介という人物に対しても同じである。日本人が悲惨な戦争に駆りだされている時、軍閥ファシズムと結託してそのお先棒を担いでいた者たちを信用しなかった。貴族趣味の吉田や、リベラルな鳩山に比べて、岸の志は低いと見ていたのである。それに、彼自身も金銭に恬淡《てんたん》としたところがあり、名利を追わず超然と存在することを望んでいた。

政権を握った岸は、しばらくの間は人事を弄《いじ》らなかった。

昭和三十二年のはじめは政局の安定に努め、七月十日になって内閣改造を行い、自前の政府をつくった。党の要である幹事長には川島正次郎、官房長官には愛知揆一をあてた。ともに自派の最高幹部である。川島は、東京日日（毎日新聞の前身）の記者の時、大風呂敷といわれた東京市長の後藤新平に認められたのが政界入りのきっかけだといわれる。戦前の政友会に属して代議士になったが、戦争のため間もなく政党は解散させられたので商工大臣だった岸信介らと一派をつくり敗戦を迎えた。彼は晩年「おとぼけ正次郎」とか「道中師」とか呼ばれたが、戦時中からのあだ名は「剃刀正次郎」である。凄味のある粋人といった風貌で、岸の参謀長になっていた。

そして、財界から藤山愛一郎を外務大臣に起用した。

彼は岸と異質のリベラルな人物だが、商工官僚の総帥と財閥当主の関係から戦前から親交がつづいていた。藤山の登用は、岸内閣と財界の関係を強化する狙いが大きい。藤山は議席を持たないまま入閣するが、「絹のハンカチが雑巾にされる」と、彼の周辺には反対意見が強かった。そして、昭和三十三年五月二十二日の衆議院選挙に神奈川県から立候補して議席を獲得し、近づいてくる代議士たちの手当てにやがて莫大な資産を次々に売却して藤山派を形成する。

その他にも、内閣と党の要職は、岸、佐藤、河野の三派で固め、反主流派の大野派や池田派も主流に組み入れる人事を狙ったのである。

安保改定は、日本の社会情勢に不安を抱いたマッカーサー駐日大使のもとで準備されていた。マッカーサーは核の持ちこみと横須賀、佐世保の両軍港が、反米意識の高まりで使えなくなることを恐れたのである。

岸は、吉田茂のサンフランシスコ平和条約、鳩山一郎の日ソ共同宣言に匹敵する、日米外交の新時代を開きたいとの野心を持っていた。そのために、安保条約改定の準備をはじめる一方で、アメリカ軍地上部隊の撤収を日程に乗せた。そして、日本は国連安保理事会非常任理事国に当選し、国際社会での地位を強化する。さらに、彼が精力を注いだのは、台湾と韓国を反共の拠点として支援し、鳩山の日ソ交渉の影響による国内の反共思想の立て直しを進めようとしたのだ。

その一方で、インドネシアなど東南アジア諸国との経済外交を強力に推進する。昭和三十三年一月二十日、インドネシアのスカルノ大統領との間に、平和条約と賠償協定を調印した。

一月二十九日、スカルノは日本訪問のために東京にやって来た。

その滞在は二月二十五日までで、東京の宿舎は『帝国ホテル』だった。二月七日から十三日までは関西への観光旅行にあてられ、公式の日程を終えた二月十四日の晩に赤坂山王にあった料亭『賀寿老』の一室で、岸とスカルノの秘密会談がもたれている。その席には政商の木下商店社長木下茂が立ち会った。木下は、日本の基幹産業である八幡製鉄や富士製鉄のトップと親交があった。

この会談は密かに計画されたので、スカルノに対しても公式な警備陣を付けることは出来ない。

そういう時には、岸に近い院外団幹部が私兵を配備する。

密談がはじまる日の夕刻から『賀寿老』の周辺を、そこで何が行われるか知らない若い団員たちが警戒にあたった。

インドネシアに対する戦時賠償は、岸の闇政治資金源になっていく。

岸は手っ取り早く新興の木下商店と組んで闇資金をつくる道をえらび、東南アジア諸国に対する戦時賠償で闇資金をつくる先鞭をつけたのである。

この来日をはじめに、スカルノは度々東京へやって来た。

来日のたびに、スカルノの護衛にあたっていた若者の中に、小林楠扶がいた。後に小林会を率いて住吉会の最高幹部になった人物である。彼は少年時代から、「喧嘩は花形敬、頭は小林」といわれ、早くから銀座や浅草に出て東たちにも可愛がられていた。

藤山系の『ホテル・ニュージャパン』の地下にある『ニューラテンクォーター』という豪華なナイト・クラブは、そのころ治外法権で、政治ゴロや利権屋やあやしげな不良外人などが多数出入りしていた。

同じ赤坂の高級クラブで働いていた根本七保子という娘が、木下商店から人身御供《ひとみごくう》として献上されスカルノの東京妻となり、やがてジャカルタ入りして第三夫人デビとなる。

彼女がスカルノ夫人になっていく過程には、賠償にからむ利権のみかえりというだけではなく、日本とアメリカによる対インドネシア外交政策に秘められた国際的な反共謀略が隠されている。米ソの対立構造の国際社会で、中国、インド、インドネシアなどの第三勢力が興隆しはじめていた時期、日米両国政府は、東南アジアで最大の勢力をもっているインドネシア共産党と協調関係にあり社会主義を標榜するスカルノのソ連圏入りを阻止しようとしていた。彼女は日本の利権を代表するだけではなく、国際的な反共謀略の重要な役割を担わされていた。

そのころ国内では、立川基地の拡張をめぐって砂川町で反対派農民を支援する学生と警官隊が激突し、三十三年五月の衆議院選挙のあとの国会では防衛庁が購入しようとする次期戦闘機の機種選定をめぐる不正疑惑が表面化して国会が紛糾した。さらには文部省が教員の勤務評定制度の徹底を図ろうとし、地方教育委員会と日教組との間に熾烈な闘争がはじまっていた。

*

九月十二日、日米安保条約改定の交渉に渡米していた藤山外相は、ダレス国務長官との共同声明を発表して日米が合意点に達したことと、具体的な交渉は十月四日から東京で行うことを明らかにした。

岸は安保改定と並行して、「警察官職務執行法」の改正を準備していた。

来るべき安保改定に反対するであろう労働組合や学生団体の取り締まりを強化するため、警察官の職務執行権限を拡大しようと意図するものだった。その内容は、職務尋問の範囲を広げ、例えば凶器を持っているという疑いがあれば所持品を調べることができるとか、公共の安全秩序が乱されると判断される場合は必要な場所に立ち入ることができるとかなどである。しかし、極めて主観的な判断によって執行できるので、強い反対が予想されるから、法案は野党にもジャーナリズムにも極秘で準備されたのであった。

警職法改正案は、九月二十九日に召集された臨時国会の途中、十月七日に突然、持回り閣議で決定され翌日国会に上程された。

野党は、すぐに反対の態度を示す。

社会党の浅沼稲次郎《いねじろう》書記長、河野密《みつ》国会対策委員長と、自民党の川島正次郎幹事長、村上勇国会対策委員長による四者会談が持たれた。社会党は、「戦前の治安維持法と同じであり、労働組合などのデモや集会を規制する狙いが露骨である。昔の臨時検査のような人権無視の恐れがある法案は、絶対に容認するわけにいかない」と、強硬な反対意見を述べて撤回を求めた。

岸は野党の反対を予想していたから、衆議院議長の星島二郎《にろう》に議長職権で警職法改正案を地方行政委員会に付託するよう求めた。はじめから強行突破の姿勢を示したから、世論の批判も急速に盛り上がり、労働組合の総本山だった総評は臨時大会を開いて悪法粉砕のアピールを発表し、全国の大学でも学者や学生が反対の行動を起こした。

会期四十日の予定で臨時国会が召集されていたが、院内でも与野党の激しい対立がつづいて審議は進まなかった。

岸は日米安保改定のためには、警職法改正が絶対に必要だと思い込んでいたので、臨時国会を延長してでも成立を期そうと考えた。

十月下旬に開かれた政府与党首脳会議では、閣内から三木武夫経済企画庁長官が、党からは河野一郎総務会長が、「警職法改正案は、弾圧とかプライバシー侵害に結びつく恐れがあり、無理に強行すれば世論を敵にまわすことになる」と、慎重な取り扱いを求め反対している。

しかし、岸は川島幹事長と図り会期の延長の画策をつづけて、十一月四日に強行採決を行うことを決めた。党の総務を兼ねる海原清平は、院外団の幹部を集めて強行採決に備えて屈強な若者を手配した。

その日は、矢崎らも朝から動員された。

野党も若手議員や秘書団が乱闘に備えている。

――本会議場に自民党を入れると議長を取り囲んで単独採決しちゃうから、野党は自民党の議員を入れないように、労働組合の連中のデカイのを連れてきて議場の入口前に坐りこんだりして、妨害する。結局、強行突破やるわけですよ。中に入らなきゃしょうがないですからね。自民党の議員は。で、強行突破の前に乱闘がはじまるわけですよ。

われわれは、若いでしょう。一番の先頭部隊でね。

「行け」っていうわけですよ。で、背広はビリビリに破かれちゃう。ボコボコにぶん殴られてねえ。あんまり、手は上げんですよ。下でやるわけ。マスコミなんか、カメラを構えて皆が見ているでしょう。だから、頭や顔はやられないが、身体は青痣だらけですよ。衛視は、どちらかといえば、体制寄りですから、帽子は取られて投げられちゃう、制服は破れちゃう。かわいそうだったね。

それで、若い議員が議長を囲んで本会議場に押し入っちゃう。それで、単独採決です。乱暴といえば乱暴だが、でもまあ活気があるといえばあった。

矢崎武昭は、強行採決のための乱闘を三、四回体験している。

大乱闘の末、自民党は議場に入って三十日間の会期延長を可決し万歳を叫んだ。野党と革新団体の抵抗は、院外の反対運動を背景にして強硬であり、審議拒否の態度を崩さないので、会期延長を決めても審議はいっこうに進まない。

自民党内にも戦前の警察に対する暗いイメージを忘れていない者もあって、岸の姿勢を批判する声も出始めていた。

十一月二十二日、渋谷南平台《なんぺいだい》にあった岸の私邸で開かれた政府与党首脳会議では、三木武夫や河野一郎だけではなく副総裁の大野伴睦の進言もあって岸は警職法改正を断念するのである。

警職法を諦めることで国会の正常化を図った岸に対して、自民党内の反主流派である石井光次郎、池田勇人、三木武夫、石橋湛山の四派約九十人は、岸の政治責任を問い党執行部の辞任を求め始めた。

岸内閣は総裁選挙の経緯から、大蔵大臣佐藤栄作、総務会長河野一郎を内閣と党の中枢に配して、それに副総裁の大野伴睦派が加わって主流派を形成していた。反主流派は岸による大野や河野偏重に反発し、主流派内でも吉田系の佐藤と鳩山系の大野や河野の対立があった。

河野は岸の党内基盤を固めるためには、来春に予定されている総裁改選を繰り上げて一月早々にも岸の再選を果たすべきだと進言し、岸もそれに同調していた。

反主流派は当然それに反対する。

そして、十二月二十七日の夜八時ごろ総理大臣官邸に岸を訪ねた国務大臣池田勇人、文部大臣灘尾弘吉、経済企画庁長官三木武夫の三閣僚は時局認識を異にするといって辞表を提出した。

岸内閣の末路を暗示するかのような年の暮れだった。

辞任した池田は信濃町の自邸に帰ると、側近の若い代議士たちを集めて、「次は、おれが天下を取る」と怪気炎を上げた。広島県の造り酒屋に生まれた彼は、酒造業界とも縁が深い大蔵省主税局長から次官になり政界に転じた男で、ビールで喉を潤したあと日本酒を楽しみ仕上げはウイスキーの水割りという酒豪である。吉田時代に長期にわたる経済閣僚を歴任し、さらには対米外交の秘密交渉にあたって講和条約をまとめた自信から、吉田の衣鉢《いはつ》を継ぐのは自分だと自任していた。側近の国会議員の、前尾繁三郎、大平正芳、黒金泰美、宮沢喜一ら大蔵省出身の後輩が参謀だった。

「岸は、どう収拾するだろうか」と、側近の一人がいった。

「佐藤さんと河野さんは、嫌いあっている。年明けには、動きが出るだろう」と大平は予測した。池田と佐藤は熊本の五高時代からの友人で、吉田内閣を支えてきた同志である。佐藤の政治的立場からすれば、河野を切って池田を実兄岸信介の味方にしたいと考えるだろう。

彼らの言動に、院外団も注目していた。

院外団の幹部である東五郎は、党議だから警職法改正案の実現に協力しなければならなかったが、戦前の治安維持法によって酷い目にあったこともあるから彼自身は賛成できなかった。それは、ヤクザの親分だった山本五郎も同じである。警察の権力を強化する法律には賛成するはずがないのだ。

「よかったな、兄弟」と山本はいう。

「うん」

「あのまま、警職法が通っていたら、アカも困るだろうが、こっちも困るよ。怪しいというだけで踏み込まれたら、博打もなにも出来ないや。女と寝てる所へも踏み込んでくるからなあ」

「……なあ、兄弟」と、東が聞いた。「兄弟は軍人が好きだったかい」

「冗談じゃないよ。兵隊になりたい者がヤクザをするかい」

「そうだろうな。おれは、憲兵隊に引っ張られて、何日も留められたことがある。芝居の本が気に入らないというんだ。あんな時代は二度と御免だな。岸は軍人とつるんでいたからなあ。今もその体質は変わっていないさ」

政界のボスとヤクザの親分衆とは、様々の人脈で断ちがたい繋がりを持っている。

ヨーロッパの革命思想の翻訳に終始して土着的な革命理論を創造しえなかった日本の左翼がルンペンプロレタリアートとして排除された社会に、ヤクザは依拠していた。ヤクザ社会の底辺は反権力的な土壌に依拠しているが、上昇した親分衆は権力の恥部と結合する過程で保守化して反権力的な革命エネルギーを喪失していく。

東五郎には多くの兄弟分がいて、それぞれが戦後のヤクザ社会に君臨し名を残した親分衆だった。

神原録郎や矢崎武昭のように、彼の仕事の手助けをする若者は連れていたが、組を形成したこともなければ若者の世話はしても子分にしたことはなかった。その一方、浅草界隈では東が面倒みているというだけで、無頼が因縁を付けることが出来ない存在だったから、時々、頼まれ事をして礼金をもらったりはしている。『クラブ・ブロードウェイ』をやめてからは、一文にもならない保護司の仕事にもっぱら時間が割かれた。彼の心の中には無頼の青春時代に見た底辺の人々の哀しさが残っていたから、どうしようもない貧困の中でもがき犯罪を犯した韓国人らの更生に力を尽くしたり、貧しさゆえに無頼の仲間に入って罪を犯した少年らに保護司として温かい心を尽くしていたのであった。

そういう意味では、兄弟分たちとはまったく異なった生き方をつづけている。

——先生は、韓国人の更生に努力しましたが、それよりも家出した少年たちを可愛がりましたねえ。これからは、若い者の時代だといっていましたから。いま売り出し中の若い親分で、浅草育ちの岸本卓也さんがいますね。子供のころから抜けていましたわ。しょっちゆう喧嘩して、それが子供相手の喧嘩じゃなくて、大の大人相手にやるんです。そういう少年は、よく見てやれと陰で大事にするよういわれました。

と、神原録郎がいう。

東五郎にとって、誰が総理大臣になろうと大した問題ではなかった。

戦時中のように暗い時代は御免だが、日々が平和で人々の生活が安定していけば満足である。彼らからみると、岸は平地に乱を起こそうとしているように見える。好きか嫌いかを問われたら、好きにはなれないという所だろう。

彼は何時か、池田勇人が総理の印綬を帯びる日が来ると思っていた。

それは、岸の政治的基盤が揺るぎつつある今、だんだん近くなってきたと思う。

池田は、岸のように腹黒い陰謀家ではない。人柄は単純で、包容力があるから党人派にも支持者が多いのだ。

2

老獪な岸は、政権維持に粘り腰をみせた。

三十四年の一月五日、彼は大野伴睦と河野一郎を熱海の別荘へ招待した。

反主流派の攻撃を宥めるため、岸は河野に総務会長の辞任を求めた。

河野は岸政権の樹立に功績があった人物である。

当然、不満を述べた。

その席で、岸は、「ぼくはだ、何時までも政権に恋々とはしないつもりだ。が、安保条約の改定だけはやっておかねばならん。国家百年のことを思えば、警職法に失敗したままのたれ死にするわけにはいかんのだ。安保が終われば、ぼくはすぐに退陣してもよい。あとはだ、大野くんが一番よいと思っている。ぼくはだ、君を総理総裁に推すことを約束する」と、協力を口説いた。

大野の協力を取りつけた岸は、九日に党三役の入れ換えを行い、総務会長に池田派の益谷秀次を迎え、十六日には辞任した三閣僚の後任人事を行い反主流派を優遇した。

大野や河野は面白くない。

そこで、十六日の夜もう一つ手を打った。

「今夜、帝国ホテルで岸と伴ちゃんが会うそうだが、どんな顔触れが揃うか確かめておいてくれ」と、東は矢崎にいった。

「はい」

「場所は、大映の永田社長が個人事務所に借りてる部屋だろうが、顔触れを確かめるだけでいい」

永田雅一《まさいち》は、戦前から京都の映画界に隠然たる影響力を持っていた千本組の一員であった。戦前は松竹の奥役として興行関係で辣腕をふるった東とは、親しいというほどではないが古くからの知人である。戦後大映の専務、社長として、また『羅生門』などの制作で国際的な評価をうけた大プロデューサーでもある永田は、三井系の北炭社長萩原吉太郎や児玉誉士夫などと親交を結び、財界では非主流だが資金力があり河野一郎のスポンサーにもなっていた。映画を次々にヒットさせていた全盛時代には、連日のように金が欲しい代議士たちが大映の社長室を訪れていたという。気に入りの政治家がやって来ると、経理部の金庫から大金を、ろくに数えもしないで鷲づかみにして持ち出して渡していたといわれる。岸の申し出を受けた大野伴睦は河野と相談の上で、いわば彼らの土俵である会談場所を永田の個人事務所に選んだのだ。

矢崎はすこし早めに帝国ホテルへでかけた。

お堀に面した正面玄関の造りは、総理官邸に似ている。関東大震災や戦時中の空襲にも耐えたその建物は、古い宮殿のように荘重な姿にみえる。銀座に通じる横側にも入口はあるが、車でやって来る客は正面から入って来る。矢崎は一度永田の事務所がある階まで上がって部屋を確認した後、赤い絨毯を敷き詰めたロビーのラウンジで紅茶を飲みながら時間をつぶした。

ロビーには、外人客も多かった。

しばらくたって、屈強な若者を連れた血色のよい五十男が玄関を入って来た。男の頭は丸刈りで、戦時中に流行った詰め襟の服を着ていた。

——児玉誉士夫だな。

何処かに暗い凄味を漂わせている。

大野と河野は秘書を連れて、児玉が永田の部屋に入った五、六分あとにやって来た。大野の秘書は、中川一郎といって矢崎とも面識があった。

矢崎は永田の部屋がある階の中央に、フロア・マネージャーのデスクがあるのを思い出した。

彼がエレベーターから出ると、永田の部屋の前の廊下には、四、五人の男がいた。その中に、中川はいなかったので事務所に入っているのだろう。永田は事務所として続き部屋を借りている。

デスクの横に立っているフロア・マネージャーが、「どちらさまをお訪ねですか」と、聞く。

「新聞記者だ」と、矢崎は永田の事務所の方を顎で示した。

「今夜は困ります」

「だめかね」

「はい」

矢崎は無理押しはしなかった。

彼は再びロビーへ帰った。
三、四人の秘書や護衛らしい男に囲まれた、細長い顔ですこし出っ歯の特徴を持つ男がやって来たのは二十分ほどたってからだった。男は凄味のある目付きで、ロビーを見回しながらエレベーター・ホールの方へ足早に歩いた。
——岸総理だな。

矢崎は、意外にも軽やかな足取りでエレベーターの中に消えた岸を確認した。

それから、二、三十分待ったが、めぼしい人物はやって来なかった。

——おかしいな。

と、矢崎は思う。

岸の身内が来ないはずはないのだ。

一時間ほどたっても、そういう人物は現れなかった。

しかし、その時はもう全部の顔触れが揃って会談が行われていたのである。

後で判った事だが、立会人の一人萩原吉太郎は、ホテルの部屋を取って夕刻近くに永田の事務所を訪れていた。

岸の実弟佐藤栄作は用心深く、ホテルの横に車を停めて階段を歩いて永田の部屋へ行ったのである。

それにしても、いったい何の会談であろう。政局の動向からみて、池田、石井、石橋、三木の反主流を除いた秘密会談であるのは間違いないが、しかも、そこには、永田雅一や児玉誉士夫など闇の社会に通じる男が立ち会っている。いったい、どのような取引きが行われているのだろうか。矢崎には、興味が深かった。

――子供の遣いじゃないんだから、いっちゃんを捕まえて口を割らすしかないな。

矢崎は、中川一郎に聞こうと考えた。

中川は精悍な風貌で、どこか書生っぽさが残っていた。そういう所が大野に愛されたのか、乞われて北海道開発庁の役人から秘書になった。

――おれは、政界の化け物のような大野伴睦に仕えているが、苦手な人が一人だけいるんだ。

それは、きみの親父さんさ。東五郎という人物には降参だよ。ある時、親父（伴睦）のお供で柳橋の料亭へ行った。そこには、東さんや山本五郎さんなど、院外団のお歴々が集まっていたんだ。

その席で、初めてお歴々に紹介されたんだ。

「中川一郎という者です。よろしくお願いいたします」といって顔を上げると、小柄な紳士がおれを見つめている。

「おい」と、コールマン髭の紳士がいう。

「……」

「きみ、役者にならんかね」

と、いうんだな。

熊の兄弟分のようなこの顔だろう。どう見たって、鶴田浩二には負けるよねえ。照れていると、「いまは、いい喜劇役者がいなくなったから、きみが出ればきっと成功するぞ」って真顔でいうんだ。参ったねえ。それ以来、東先生を見かけると、三十六計逃げるに如かずだよ。

と、矢崎に笑い話をしたことがある。

芯の強い男だから容易に秘密を洩らすとは思えないが、矢崎は彼にあたってみようと思った。

その晩は、秘密会談に臨んだ顔触れを確認して帰り、東五郎に報告した。「そうか。岸のことだから、次は、伴ちゃんとでもいったろうな」と、いった。彼の特徴は、陰謀渦巻く政界の裏面にいても、粋に生きていくことだったから、情報を利権や金銭に換えようとは考えないのだ。事実を知っているだけで、口にしないから彼の存在は重くなる。

翌日、矢崎は院内で中川と会った。

「昨夜は、妖怪の会談があったようですね」

「何のことだい」

「永田事務所ですよ」

「……」

「とぼけなさんな。伴睦先生には悪い話ではなかったでしょう。機嫌よく帰られたんじゃないかね」

「中身は知らないよ」と、中川はとぼけた。

「次は、伴睦先生というのじゃありませんかね」

「親父は、そんな欲はないさ」

具体的な事実までつかむことは出来なかったが、岸と大野の密約は間もなく噂として流布し始めた。火の無い所に煙は立たない。噂は次々と想像を加えて伝播していく。「岸は政権の維持と引き換えに、大野と河野に政権を譲る約束をした」というのが噂の核心だった。

伝えられるところによれば密約は誓約書になっているともいう。しかし、大野に政権を担う能力があるとは誰も思っていない。

＊

大野らとの会談のあと、老獪な岸は強気に転じた。

二月十八日の自民党懇談会の席上で、外務大臣藤山愛一郎は日米安保条約改定の構想を発表した。その一月後に、日米安保と表裏一体の関係にある防衛協定改定のために、「自衛のための敵基地攻撃は合憲」という岸内閣の統一見解が発表されている。

それに対して、野党や労働組合、学者、文化人、学生団体などは『安保改定阻止国民会議』を結成し反対運動を盛り上げた。反安保の運動に勢いをそえたのは、東京都下の立川基地の反対闘争で東京地裁が「安保条約による米軍駐留は憲法違反」とする判決を下したことである。

この時期の明るいニュースは、皇太子明仁親王の結婚式である。

皇太子妃に、旧皇族や華族ではない正田美智子という財界人の娘が選ばれた。

その報道によって、日本のテレビは飛躍的に普及し、テレビ・ニュースが茶の間に直結するようになった。

その一方では、戦後の復興を支えてきた石炭産業が石油を中心とするエネルギー政策転換の犠牲になり、炭鉱の閉山が始まって失業者が増大しはじめていた。石油の次のエネルギーとして、原子力燃料公社が国産初の金属ウランを完成したのもこの年の春である。

敗戦国日本は、時代の転換期に直面していた。

四月十三日に東京で、日米両国代表が会談して安保改定交渉が始まった。

十五日には、安保改定阻止の第一次統一行動が行われた。

五月一日メーデーの払暁《ふつぎょう》、騒然とした暁の国会で防衛二法案が可決される。

岸の政治日程は、日米安保改定の地均らしがすべてだった。

六月二日の参議院選挙で自民党は圧勝した。

副総裁の大野は総理官邸に岸を訪ねて、「党の役員を改選して河野くんを幹事長に起用してもらいたい」と、要求した。一月の密約によって、大野は河野の優遇を迫ったのである。

「きみの提案は結構だが、はたして党内が納得するのかね」

「党はわしがまとめる」

「ならば、お願いするよ」と、岸は応えた。

次期幹事長に河野が起用されそうだという情報が流れると、岸の実弟佐藤栄作は猛烈に反対した。佐藤だけでなく、池田派も石井派もともに強硬な反対意志を示したので、大野は河野起用を断念する。怒ったのは河野一郎である。

「岸くんとは、時局認識を異にするので、協力はできない」と、派閥記者を集めてすごんだ。慌てた岸は、大野と河野を官邸に呼んで釈明したが、河野は「自分を本当に必要とするなら安保を担当している外相の藤山君を除いて、内閣の全面改造を行ってもらいたい」といい、「弟の佐藤は残したいんだが」という岸に、「だめだ」といった。

河野は、岸の後ろで、自分を追い落とす図を描いているのは佐藤だと見ていた。大野も河野も、本気で協力を求めるなら、佐藤を切ってでも河野が欲しいと誠意をみせるべきだと迫ったのだ。

「すこし、考える時間をくれ」と、岸は河野らにいった。

その晩岸は、赤坂の料亭で川島正次郎を交え佐藤とあった。

岸は動揺していたが、佐藤栄作は河野を切る絶好のチャンスだといいきって強引にけしかけ、前年辞表を出して反岸の態度をとっていた池田勇人を抱き込み、新しい主流派の形成を図った。六月十八日、池田は経済政策に注文をつけて通産大臣として入閣し、自派の長老益谷秀次を副総理に任命させた。大蔵大臣の佐藤は外務大臣の藤山とともに留任し、官房長官は椎名悦三郎、党の幹事長は川島正次郎と岸派で固め、総務会長は石井光次郎、政調会長は大野派の船田中に決まり、河野一郎は完全にボイコットされた。

その週末の夕刻、東五郎の自宅へ中野四郎がやって来た。

彼は、女剣劇のスターとの痴話喧嘩のとき「あの女を、東京中の劇場の舞台に立てないようにしてくれ」と息巻き、「あんたは天下の代議士じゃないか。末は大臣にもなろうという男が、弱い芸人を苛めてどうするんだ」とたしなめられ、東には頭が上がらない。無頼だが、義理堅いところもあって、何時かは東に恩返しをしなけりゃいかんと思っていた。

「……河野が外されたろう」

「そうだね」

「この絵図を描いたのは佐藤だよ」

「吉田先生の時代から凄味のある男だ」

「どうだい、一度一緒に飯をくわんかね。何時かは天下を取る男だから、親しくしておいても無駄ではないぜ」

「ありがとう、四郎ちゃん。だがね、おれは、むこうさんからおいでといわれりゃ何処へでも行くが、こちらから物欲しそうに出かけて行くのは御免だよ。彼は、おれたちとは肌の違う役人だからなあ」と、東はいった。池田は何処であっても、「おお、東くん。いつもせわになるなあ」と如才無く声をかけてくるが、佐藤は煙草のパイプをくわえて気取ったポーズで通り過ぎて行く。怪物だろうが、役人上がりの冷たさが気配に漂っている。

「まあ、気障なところはあるが、あれでけっこう女遊びもするんだからね」

「四郎ちゃんほどじゃないだろう」

「それをいうなよ」

「何《いず》れにしても、岸政権は長くないね。次は池田だ」と、東はいいきった。

3

反安保の運動が高まってくるにしたがって、自民党内の岸の政治手法に批判的な者も政治危機を感じて、労働組合や学生たちのデモ隊に対抗する組織の結集を主張する者もではじめた。岸は官僚出身だが、彼を支える政治基盤は吉田時代には不遇だった党人系の代議士が多い。その中には、昭和二十六年に計画されて幻に終わった『反共抜刀隊』構想を復活させようという意見もあった。

戦前の政治家とヤクザの関係と、この時代の関係の大きな違いは、ヤクザの組織構成が戦前とは比較にならないほど広域化し、一つの団体が動かす人員や資金力も大きくなっていたことである。軍部という国家暴力組織の支えをなくした戦前派の政治家たちは、反共の砦としてヤクザ組織の結集に期待を持っていたのである。

戦後の初期には、闇市を握って資金力を持ったテキヤの親分との関係が深かった。しかし、博徒も港湾荷役や土建業や興行などによって経済基盤を固める過程で政界との癒着構造を作り上げていた。法務大臣木村篤太郎の『反共抜刀隊』構想によって賭博の摘発が「現行犯主義」になったことも、親分衆と政界のつながりを濃くしていったのである。それは、表向きは反共のための結合だったが、裏面では選挙の応援や対立候補の運動妨害など相互扶助の関係にあった。

東五郎と最も親しかった兄弟分の藤田卯一郎は、旧関根組の幹部たちを組織して昭和二十九年十一月ころから松葉会という任侠集団を再編していた。

関根組の幹部にも、戦前から院外団に関係する者もいたので、東や山本の兄弟分である藤田が政治志向を持つ土壌はもともとから存在していた。それに、東は別としても、山本五郎が院外団の幹部として政治家たちと自由につきあっているのも刺激になっていたかもしれない。

藤田は、岡村吾一の紹介で児玉誉士夫との交渉が深くなり、次第に政治志向が強くなっていく。児玉の周辺には、純粋な右翼の他に博徒系の親分衆が多かった。藤田の親分関根賢や住吉会の元総長阿部重作、北星会という博徒集団の総帥である岡村は古くからの児玉門下である。そういう関係から、住吉会の礒上義光、錦政会の稲川裕芳、義人党の高橋義人、東声会の町井久之など関東の大所が児玉の影響下に入っていた。

児玉誉士夫を中心に関東博徒の親分衆が結びついていくには、当時の社会情勢の左傾化が大きく影響している。

松葉会が政治結社として発会するのは、昭和三十四年九月十五日である。

その日、日比谷公会堂には児玉誉士夫、三浦義一他約三十名の右翼団体幹部を来賓に迎え、一千人の構成員を含めて約二千五百人が参集して発会式を行った。

会長は藤田卯一郎、総務会長久野益雄、事務局長小林清、幹事長田山芳徳、綱紀委員長木津政雄、組織委員長和泉武志、相談役細井鵲郎、副幹事長遠藤一夫、総務兼事務局長佐藤栄助、青年行動隊長菊地徳勝らが最高幹部である。

東五郎自身は右翼ではなかったが、院外団の幹部として任侠の輩とは交渉も深かったし特に院外団にも籍がある藤田との友情から松葉会の顧問のような立場に就いている。東は親友の藤田が、ヤクザの親分から社会的に認知される存在になっていくことを望んでいた。

院外団の幹部は、その成り立ちからして党人派の代議士との交渉が多かった。党人派は大雑把で、任侠の徒との付き合いにもこだわりをみせない。団長の海原清平は別格だが、古い団員のほとんどは資金源にするため有力な代議士と繋がりを持っている。ところが、東や山本は自前で誰にも遠慮する必要がなかったから、代議士たちにも重く見られていたし海原の信用も厚かった。破防法の強行採決の時、海原から頼まれて姉ケ崎一家から山本の若い者を動員したり、藤田の若い者を待機させたりしたのも彼らである。

国会で野党と対決する法案を通すため、院外の者の暴力を期待しなければならぬ現象は好ましい事ではない。が、野党も屈強な労働組合員を動員することがあるので、それはやむをえなかったと東は思う。

国会は言論の府と呼ばれるが、実態は形骸化してしまっている。

野党の質問に対し、政府委員はまともな答弁をしない。

――どうせ相手は反対するのだから、形式だけ整えればよい。

と、いうのが政権を持つ者の態度である。

いわば、台本があって、その通り演技している芝居のようなものだ。

何時までも質問を認めるわけにはいかないから、政府は適当に切り上げようとするし、時には強行に打ち切って採決に持ち込む。そこで、与野党議員同士の揉み合いになり、時には本会議場の入口で乱闘になるのだ。院外団は、そのための要員でもある。

その年の夏、隅田川の花火大会の夜、柳橋の料亭に大野一派の幹部が集まり、院外団の幹部も招かれた。

「伴ちゃんは不機嫌だね」と、山本五郎がいう。

「岸の首っ玉を捕まえたと思えば、するりと逃げられ面白くないだろうよ」と、東はいったが、酒も飲めないのに彼は座興の天才である。自慢のコールマン髭を撫でつけながら、伴睦の酔態を真似て周囲を爆笑させた。

「なんだ、東くんか。こっちへ来いよ」と、伴睦も苦笑である。

「御機嫌斜めですな」

「いや、虫歯が痛むんだ」

「虫はそっ歯ですかね」

「ふん」

「それとも、パイプをくわえ過ぎたんですかね」東は、岸と佐藤兄弟の特徴をいった。

「両方だなあ」と、いって大野はかっかっと笑った。「ところで、きみたちがみて、岸の後は誰になりそうかい」

「そりゃあ、大野先生。あんたが一番よく見抜いているでしょうが。大野、石井、池田という三人が候補でしょう」

「この、大野伴睦も候補の一人かなあ」

「そうです」

「うん、そうかい」と、大野は微笑した。長年酒を飲みつづけてきたため血管が浮き出て澱んだ瞳の中で、凄味のある輝きが増している。彼はもともと、天下を望まないから長い間ナンバー2の副総裁の地位にあった男だ。

話はそれだけだったが、奇妙だなと東は思った。

大野は太っ腹の政治家だが、酒も女も愛し俳句もたしなむ。政界では、粋人の部類にはいる。ある意味では権勢に無欲だから、波瀾に満ちた戦後政界の修羅場を生き抜いてきた政治家だ。自分の能力も知り尽くしているから、相手の手の内も読むことが出来るし、いざという局面で政治生命を賭けた刃渡りが出来る。

大野は、そのように政界を泳いできた。

——岸に化かされて、まさか本気で天下を狙ってるんじゃあるまいな。

と、東五郎は思う。

政界のキャリアからすれば大野の右にでる者はいないが、党内の意向をまとめる事は出来ても一国の運営は出来まい。党の総裁は日本の総理大臣になるのだが、その存在は外交にも大きな意味を持ってくる。まるで、古狸のように惚けた表情にもどった大野の顔からは何もうかがうことは出来なかったが、脂ぎった大野の顔を、三尾を備えた大狐が舐めつづけているように思えた。老獪な大野は、古狐が誑《たぶら》かしにかかっているのを知っていて、その逆手を取ろうとしているのだろう。

どうなろうと、狐狸妖怪の化かしあいである。

＊

日米安保条約の改定に対する反対運動は、昭和三十四年四月に第一次統一行動が行われ、月を追うごとに大きなうねりをみせて高揚して、次第に過激さを増した。その過程で、社会党右派の西尾末広らが脱党して安保改定支持にまわり、革新陣営にも混乱と分裂が起こった。

衆議院で、ベトナム賠償協定が強行採決された十一月二十七日には、二万人のデモ隊が国会周辺におしかけて、一部の学生は議事堂構内へ突入した。六全協によって武装闘争の誤りを自己批判し議会主義路線に転じた日本共産党に対して、全学連は独自の方針を打ち出し、次第に激烈な行動を志向するようになっていく。

昭和三十五年一月十六日、新安保条約調印のために渡米しようとする岸総理以下全権団の出発を阻止しようとして、約七百名のデモ隊が羽田空港に座り込み、警視庁の機動隊と衝突した。全権団は、騒然たる羽田空港を出発し、十九日にワシントンで新安保、行政協定に調印して帰国した。

国際間の条約は、国会の批准を得なければ発効しない。

二月十一日に、安保特別委員会が設置され、十九日から本格的な国会審議が始まった。西尾末広らが分裂して民社党を結成したあと、社会党は浅沼稲次郎を委員長に選んで態勢を立て直し、反安保の姿勢を強化する。

自民党内でも、河野一郎や三木武夫らの反主流派は「防衛の範囲」が不明確だとして岸内閣には非協力的だった。河野は岸に対する怨念があり、三木はリベラルな政治感覚から批判の態度を示していた。

四月十一日に社会党は、「安保粉砕を国民に訴える」という声明を出した。

それをきっかけに大規模な国会請願運動が始まって、デモ隊が総理官邸の横を通り国会議事堂の裏門に押し掛け、社会党議員に請願書を提出した。十五日には、全学連のデモ隊が議事堂構内へ乱入しようとして警官隊と激突する。

国会周辺には怒濤のようなデモ隊が連日おしかけて、「安保反対」「岸内閣打倒」のスローガンを叫んでいた。

四月二十二日、社会党は非常事態宣言を出して、徹底的な抗戦を宣言したため安保特別委員会の審議はまったく見通しがつかない。委員会の質問が続けば続くほど、事態の収拾は困難になるだろう。その日の午後、岸は川島幹事長に安保特別委員会の強行突破を指示した。やるなら、早い方がよいと判断したのだ。国会の運営は、党幹事長に委ねられている。

二十三日、自民党は安保特別委員会に中間報告の動議を提出して、一気に採決に持ち込もうとしたが、社会党委員の抵抗が激しく大混乱になって採決に失敗した。その上、社会党は審議拒否に出たので、国会は動かなくなろうとしていた。川島は清瀬一郎議長に、中間報告の撤回を申し入れて、社会党の審議拒否は回避することが出来た。自民党の一歩後退は、反安保の陣営に大きな成果と映り、ますます気勢を上げる結果になった。

二十六日には、八万人のデモ隊が国会議事堂を取り囲んだ。

そして、全学連のデモ隊は議事堂正門からの突入をはかり、何人かの学生が負傷した。

毎日、毎日、デモ隊は総理官邸や議事堂をめがけて押し寄せてきた。

それは五月に入ってもますます激しくなり、五月半ば過ぎには「このまま推移すれば安保は流産になる」「会期切れまで、戦い抜こう」と、デモ隊の指導者らは気勢を上げるようになった。

*

岸内閣は、ぎりぎりのところに追い詰められていた。

会期延長をしなければ、安保条約は審議未了で廃案になる。

条約の批准が出来ないとなれば、日本の議会では例のない前代未聞の事件だ。

五月十七日、自民党は総務会と議員総会で、「五十日間の会期延長」を決めた。

しかし、それを実現するためには、社会党の反撃をかわして強行突破するしかないのである。


党内には、殺気だった空気が漂っていた。

「頼りになるのは、きみたちだ」と、総務で団長の海原清平は院外団の幹部に党議を伝えた。

その日の夕刻、岸は政府与党首脳を院内の総理大臣室に招集した。

大蔵大臣佐藤栄作、通産大臣池田勇人、外務大臣藤山愛一郎が政府側で、幹事長の川島正次郎、国会対策委員長福永健司、安保特別委員長小沢佐重喜《さえき》、岸派の南条徳男、佐藤派の保利茂が党側のメンバーだった。


岸は、参議院での成立を六月十九日以前にしたいといった。

「それは、絶対に譲れない日程だ」彼は強硬である。

彼は、歴代総理が果たせなかったアメリカ大統領の訪日の約束を取りつけている。そのころの大統領はアイゼンハワー（アイク）である。アイクは六月十九日にやって来る。

「六月十九日までに批准成立というと、参議院の自然成立を見込んで、衆議院は五月二十日に通過させる必要がありますな」と小沢がいう。

「……結局、会期延長を議決するとき、安保も一緒に衆議院を通過させるしかない。どうせ、強行突破するんなら、いっぺんにやってしまうほうがよろしいんじゃないですかね」と川島がいった。

凄味のある岸の瞳は異様に光っていた。

一同は顔を見合わせたが、他に方法があるわけでない。

この謀議の秘密は、最後まで保たれた。

時間がないので、翌朝早々に川島から清瀬議長に「総理の意向だが、五十日の会期延長を決めてもらいたい」と申し込んだ。

「了解した」

「ついてはですな。その際には院内に警察官の出動を要請してもらいたい」

「どうせ、社会党の反対はあるだろうが、警察を導入する必要まではないだろう」

「いや、何が起こるかわかりませんから。ここで、失敗すると、日本は国際間の信用をうしないますぞ。ことによると、野党は議長を缶詰にするかもしれない。相手が暴力に訴えてくるのは必至でしょうから、警察の力を借りるのです」

「きみは、会期延長といったが、ほんとうにそれだけだね」

「そうですよ」と、川島は得意のおとぼけぶりを発揮した。

「やむをえんだろう」清瀬はしぶしぶ承知した。彼は弁護士で戦前派の政党人だ。東京裁判で東条英機の弁護人だったが、反骨精神も強く、若い三木武夫と政治行動をともにしていて、議長に選ばれると「公平を期すため」といって党籍を離れていた。そういう老人だから警官導入には抵抗があり、「会期延長に限る」と川島に念をおして了解したのだ。おとぼけ正次郎は、もとより安保の件はおくびにもださない。一度、強行突破すれば、その流れで押し切るつもりである。

自民党の総務会長である石井光次郎は、十九日朝になっても岸や川島の企みを知らなかった。

その日の朝、院外団の幹部には、屈強な団員を院内に集めるよう川島の依頼があった。

——会期延長の議決に備えてだ。

と、いう説明である。

もちろん、警官導入は秘密である。

その日の午後五時ころになって、衆議院副議長の中村高一は議長職権で警官導入の手続きを進めている報告を事務総長から受けた。中村は、社会党議員から選ばれている。けしからんといって清瀬に抗議し、社会党の議運委員に知らせた。しかし、本会議は会期延長だけだろうと判断していた。国会内に動員されていた社会党の秘書団は、本会議場へ通じる廊下を「わっしょい。わっしょい」と、乱闘に備えたワイシャツ姿で分厚い赤絨毯の上をデモり始めた。

七時過ぎには、議長室前に社会党議員がびっしりと座り込んで、清瀬議長が本会議場に向かうのを阻止しはじめた。議長室には議運委員長荒船清十郎など、屈強な自民党議員が詰めていた。

議長室前あたりから、本会議場に向かう廊下などのあちこちで小競合いが始まり、院内には異様な緊張と興奮がみなぎっている。

本会議の予鈴が鳴らされたのは、十時二十五分だった。

自民党議員は、控室に近い入口から議場へ向かった。

その間に、安保特別委員会が強行され、小沢委員長が「日米安保条約改定案」等の採決を行い、怒号と与野党議員の乱闘の中で起立多数を宣した。

同時に、議長室前に警官五百人が導入されて、座り込む社会党議員を牛蒡抜きに排除しはじめた。

十一時五分ころの事だ。

様子がおかしいと、河野一郎や三木武夫が気付いたのは、警官導入の直後である。

彼らは、本会議の自席で顔を見合わせた。

議場に向かう通路が確保されて、清瀬議長は荒船議運委員長や五、六人の若い自民党議員らに囲まれて本会議場に向かっていた。

「岸くんは、安保も一緒に強行するつもりじゃないか」と、三木がいった。

「おれも、おかしいと思う。そうだとすれば、賛成しかねる」と、河野と三木は一緒に退場した。何人かの議員が付いて出た。彼らは議員食堂に集まって、河野・三木両派は総退場にしようと決め、すぐに議場へ連絡したが、前の方の席には連絡がつかず、退場してきたのは二十人足らずだった。

荒船ら屈強な議員に抱きかかえられるようにして議長席についた清瀬一郎議長は、すぐに開会を宣言し、自民党より提出されている「五十日間の会期延長」を議決し、さらに「明日の本会議を午前零時五分より開会する」と述べて閉会した。

新安保条約は、二十日午前零時六分から開会された本会議で、小沢委員長が報告しただけで質疑を省略し、起立多数で議案通りに可決された。

新安保は衆議院で可決されれば、参議院で自然成立を待つだけである。あとは、アイゼンハワー米大統領の訪日という日本の歴史始まって以来のイベントを豪華絢爛に演出し、国際政治家としての岸自らを誇示することで政権の延命をはかるだけであった。

岸信介は、久し振りに会心の笑みを浮かべた。

東五郎と山本とは、自民党の控室で団員の配置を指図していた。

自民党議員らは、議案が通過すると万歳を叫ぶ。

――おれたちがつくった『カジノ・フォーリー』や『笑の王国』のどたばた劇と変わらんなあ。清瀬の役をエノケンにやらせるとどうなるかな。悪役の岸は、二村定一《ふたむらていいち》むきだろう。ロッパは、浅沼稲次郎できまりだな。こんどの茶番を舞台にしたら、最高の喜劇が出来るだろう。

と、東は冷めた目で事態を見ていた。

矢崎武昭たちは、散々の目にあった。

彼らは政府委員や議長らが議場に入る入口付近を確保していた。

普通の喧嘩なら滅多に負けない自信がある。しかし、殴られても殴りかえしてはいけないと指示が出ていた。

相手は、ほとんど毎日顔を合わせる野党議員や秘書たちだ。身体で押し合い揉み合いしても、拳をふるうわけにはいかない。新聞記者も大勢押しかけて来ているし、カメラマンもレンズを向けているのだから、押し合いながら服やシャツを引っ張りあったり足を使って蹴りあうのだから、下半身のあちこちに打撲をうけた。

「おやじさん。おれたちは、乱闘の渦の中にいたので何が起こっているのかさっぱり判らなかったよ」と、東にいった。

彼らも、事態の急変には驚いた。抜き打ちで、新安保を単独採決することまでは思いも及ばなかったのだ。

「一将功成りて、万骨枯る。それが、世の中というもんだ」と、東は自慢の髭を撫でながら矢崎たちを労《ねぎら》った。

安保改定に反対していた院外の勢力は激昂し、新聞論調や一般世論も岸内閣による強行採決には批判が強かった。二十日の夕刻に、永田町周辺に押しかけたデモ隊は十万人といわれる。デモは翌日もその翌日もつづき、岸は官邸に鉄条網をめぐらし警視庁機動隊の装甲車を並べ、七千人の警察官を動員して官邸を守らせた。朝日新聞は社説を一面トップに移し、「岸内閣退陣と総選挙を要求する」と訴えた。全学連は渋谷南平台の岸私邸に押しかけ、国会周辺から都心部は昼夜、交通麻痺の状態がつづいた。

二十六日のデモ隊は、十五万人に膨れあがった。

官邸に閉じ込められた岸は、身動き出来なくなった。

好き嫌いは別にして、院外団は時の総理の親衛隊だから、激しいデモ攻勢をこのまま放置すれば思想、言論の自由を認めない社会主義国になると、東五郎も腹立たしく思っていた。

安保闘争が激化するすこし前に、藤田卯一郎の愛妻が亡くなった。まだ若く、よく夫を立て仕える美しい女性だった。東にとって藤田は、戦前からの親友である。気を落としている藤田を慰めるため、出来るだけ盛大な葬式になるよう政界の知人たちに働きかけ、回状に元警視総監田中栄一、元文部大臣松永東《とう》ら十数人の名前を借りた。葬儀当日の式場には、衆議院議員岡崎英城《えいじょう》、参議院議員重政庸徳《しげまさようとく》、前東京都知事安井誠一郎らの花輪を並べた。それを、政界とヤクザの癒着として批判的に報道した毎日新聞を、松葉会の若者二十数人が襲撃し輪転機に砂を投げ込む事件があった。東にとって毎日新聞の報道は心外だったが、まさか若い者が新聞社を襲撃するとは考えもしなかったので、まずいことをしたなと思った。案の定、他の新聞も事件を大きく取り上げ連日のように報道したので、東は名前を借りた政治家たちに迷惑をかけて申し訳無いと謝って歩いた。藤田は、「おれの目がとどかず、兄弟にはすまんことになったなあ」と、東の立場を心配した。その時、「済んだことはしょうがないさ。これ位のこと、気にしないでくれよ。それより、どうもこのまま反安保の運動が進むと赤が天下を取るようになるかもしれん。それだけは、阻止しなけりゃいけないんだ。兄弟の会を頼りにしてるぜ」と話し合った。藤田の松葉会は、反安保の運動を睨んで政治団体の届けを出しているから、東五郎の意向は十分に理解していたのだ。

——向こうが暴力的なデモで来るなら、それに対抗出来る部隊が必要だ。

と、東も考えたのである。

六月になると、世論は岸内閣退陣に傾きはじめた。

反安保の運動は地方にも裾野を広げ、一方では共産党から離れ独自の方針を持つようになった全学連の先鋭化が進んだ。

自民党内でも、河野と三木派は岸批判を強めた。「こんな状態では、アイクの訪日は無理だ」と、河野は岸を冷笑していた。岸は、国家公安委員長の石原幹市郎を官邸に呼び、アイク訪日実現のため治安維持に万全を期すよう厳しく命じたが、警察庁長官の柏村信雄は、「このまま推移すれば、責任を持ちかねる事態になります」と、困惑していたのである。

＊

デモ隊の行動が最も先鋭化したのは、アイク訪日の打合わせにハガチー新聞係秘書が来日した六月十日である。彼は沖縄から米軍の特別機で、午後三時三十五分ころ羽田空港に到着した。出迎えの駐日大使マッカーサーとハガチーが乗ったアメリカ大使館のキャデラックが、弁慶橋にさしかかったところを神奈川県評のデモ隊三百人に阻止された。さらにそこへ、稲荷橋付近にいたデモ隊がかけつけてキャデラックを取り囲み、投石で窓ガラスにひびが入るという騒ぎで立往生した。急派された機動隊によってやっと救出され、ハガチーはアメリカ軍海兵隊のヘリコプターで大使館に運ばれている。新聞はこの事件を非難する論評をおこなっているが、新安保の自然成立を阻止する道は実力行動しかなかったのだ。

岸は、アイク訪日の警備に自衛隊の出動を考え、自派の防衛庁長官赤城宗徳を呼んで相談したが、「出来ない」と赤城には拒否された。

アイゼンハワー米大統領の訪日まで、あと十日足らずしかないのだ。

自民党は橋本登美三郎を委員長に、アイク歓迎実行委員会をつくって歓迎準備を進めていた。

羽田空港に到着するアイクは、天皇陛下の出迎えを受けて羽田から皇居までをパレードする予定になっていた。連日のように都心部へやって来るデモ隊の状況からみて、その沿道の警備は警視庁の警察官を最大動員しても不可能だった。そこで、橋本のおもな役目は、警察力の不足を補う組織をつくることだった。デモ隊に対抗するのだから、屈強な若者を動員する必要がある。

橋本は院外団の幹部を招いて、組織力のあるテキヤや博徒団体の力を求める事を相談した。

幻に終わった『反共抜刀隊』の苦い経験から、東らは、まず元警視総監で衆議院議員の田中栄一が顧問になっているテキヤの総帥である極東の関口愛治とすでに隠居していた業界の長老である尾津喜之助に話を持ちかけ協力をえた。博徒関係は藤田卯一郎や稲川裕芳ら右翼の児玉誉士夫の影響を受けている親分衆が動き、住吉一家も協力的だった。そのほかに、院外団の影響下にあった消防団や保守的な宗教関係からも協力を得て、およそ五万人に近い動員が見込まれた。

テキヤや博徒系の若者は、本気でデモ隊に殴り込みをかける準備をはじめていた。

六月十五日、彼らの一部はデモ隊と激突するのである。

その日、総評五百十組合五百八十万人が全国的に実力行使に参加した。

空前のデモ隊の波が、国会周辺を埋め尽くした。そのとき、『維新行動隊』と称する右翼団体が、劇団関係のデモ隊に殴りかけて怪我人がでた。夕刻になると、勤め帰りのサラリーマンなどもデモに加わり、夜になってもデモ隊の人数は増えつづけ、国会の周囲は人の波に埋まった。デモ隊の中でも最も先鋭的な全学連は、国会議事堂の構内に突入しようとして警官隊と激突し多数の負傷者が出た。

乱闘の中で、衝撃的な事件が起きた。

「女子学生が、警官隊に殺された」と、デモのリーダーは叫んだ。

「殺人警官を許すな」と、叫ぶ。

後から後から押し寄せてくるデモ隊と、構内警備に当たっていた警官隊の厚い人壁に挟まれ、東大生の樺《かんば》美智子が圧死したのである。警察官が持つ警棒で、内臓を強く突かれて殺されたという説もある。その晩は、警察や右翼団体と衝突して、約千人の負傷者が出たのであった。臨時閣議が開かれ、国民に自重を促す政府声明が出されたが、国会周辺では夜通し騒然たる状態がつづいた。

その日の朝から、矢崎武昭は屈強な院外団員らと、岸総理を護衛するために総理官邸に詰めていた。

彼らは、官邸の外から聞こえる怒濤のようなデモ隊のシュプレヒコールを聞いた。

矢崎には、岸内閣が必要としたのは純粋の右翼ではなく、デモ隊に対抗する暴力組織であるのが判っていた。政権を維持するために利用できるものは、理念や思想を問わず利用するのが岸の生き方である。

翌十六日には、女子学生の死に抗議して学生や労働組合のデモ隊十万人が雨の中を国会周辺に向かった。樺美智子の父親は高名な社会学者だったので、彼女の死は社会に大きな衝撃をあたえたのである。社会党、総評、安保阻止国民会議などは、連日、抗議デモをつづける事を決定した。共産党は、全学連の国会突入をトロツキスト分子の跳ね上がりと決めつけて非難し、朝、毎、読、産経、日経、共同通信、同盟通信の七社は、「暴力を廃し議会主義を守れ」と、共同宣言を出した。共同、同盟加盟の地方新聞もこれに同調し、その宣言に加わらなかった地方新聞は二社だけだったといわれる。彼らは「良識」を発揮する事で報道の自律性を放棄した。

十五日の事件は、政府、自民党にも衝撃だった。

あと三日に迫ったアイク訪日の当日、死者や多数の負傷者を出した国民の怒りが暴発する事を恐れた。

岸内閣はついに、アイクの訪日の中止の決定をする。

それによって、自民党のアイク歓迎実行委員会を中心に結集していたテキヤ、博徒系などの右翼的集団と、反安保を進めてきた学生、労働組合員らと、国民同士の衝突は回避されることになった。

政局は一気に、ポスト岸にむかい始めた。

十五日から十六日にかかる深夜、岸派で官房長官だった椎名悦三郎は、密かに池田派の大平正芳と密談している。岸の退陣は必至であり、次の政権の模索がはじまっていた。岸の後継者とみられているのは、大野伴睦、石井光次郎、松村謙三、池田勇人、それに岸が財界から迎えた藤山愛一郎らである。岸が円満に退陣していくためには政治基盤の強い池田の協力は無視できない。池田は吉田系の遺産の他に、選挙のたびに大蔵官僚の後輩を当選させ宏池会という経済界にも強い自前の派閥をつくっていた。誰が後継者に選ばれるにしても、最大派閥の岸派の動向で決まるが、七十人という岸派も一本ではなかった。幹事長の川島正次郎系、外務大臣の藤山愛一郎系、それに大蔵官僚から政界進出した農林大臣の福田赳夫系に大別される。

4

新安保は参議院では審議されないまま、自動的に批准を得て発効する。

保守政界の魑魅魍魎が、岸の後継総裁をめぐって動きはじめた。

岸と大野の間に密約があるという噂は、帝国ホテルでの秘密会談直後から自民党内の常識になっていた。もちろん、密約の具体的内容を知る者は少数だったが、院外団の中には大先輩でもある大野に親近感があり、彼が政権を取ることを期待する者は少なくなかった。

東五郎や堤八郎らは、宏池会に関係が深い院外団幹部である。

彼らは、池田の天下を期待していた。

彼らにとっては、次善の策が大野である。

ことに、堤が積極的だった。

彼は、誰彼をつかまえて、「次は池田だ」と公言している。「佐藤は吉田茂の弟子だから、かならず池田を支持する。問題はだ。岸派の去就だよ。藤山は、一派を形成して立候補するかもしれん。川島は自分を知っている。福田は未だ寸足らずで、総理総裁を狙うところにいない。岸が政界に少しでも影響力を残そうと思えば、かならず自派をまとめようとするだろう。派閥力学がどう動くか、それを見極めるまでは結論を出せまい。その間に池田と佐藤の結束を不動のものにすることだ」と、東にいう。

「その通りだ。が、伴ちゃんがどうするのかな」

「何の事だ」

「岸と大野の密約さ」

「そんなもの、反故になるさ」

「簡単に、そうはいくまい。河野一郎、佐藤栄作、それに右翼の児玉誉士夫、財界の永田雅一、萩原吉太郎といううるさ型が立ち会っている。おれの情報ではだ。誓約書にされて誰かの金庫に納められているというんだ」

「ふーむ。佐藤も立会人かね」

「そうなんだ」

「その時が来れば何とかなるさ」と、堤はいう。

堤八郎はアバウトだったが、東五郎は大雑把に見えて緻密な頭脳を持っている。それに、岸の節操のないやり方を信用していなかったので、大野や河野や児玉に恫喝されたらそちらに向くだろうし、土壇場になるまで岸の去就は判らないとみていた。

岸信介が退陣の決意を表明したのは、日米安保条約の批准書が外務大臣公邸で交換された六月二十三日である。

自民党の後継総裁は、七月十三日の党大会で選出される。

話し合いでいくか、選挙になるか、党内の動きは複雑だった。話し合いになれば、石井光次郎が有力といわれていた。野党と激しい対立がつづいた岸内閣の後だけに、温厚な石井なら党内の池田、大野、河野、三木派らと対立しないですむというのが、石井を推している者らの考え方だった。

池田勇人は、話し合いを拒否し、公選を望んでいる。

彼は、吉田内閣の時代に「貧乏人は麦を食え」とか、「中小企業の一人や二人が首をくくっても仕方がない」などと答弁をして指弾されたが、根は人情味のある人物だった。安保改定によって荒廃した民心の回復をはかるため、消費を拡大して「所得倍増」を軸にした経済の高度成長政策を考えていた。もっとも、その時点では未だ体系化された理論ではなかったが、強引な岸政治の悪いイメージを払拭して吉田が築いた保守本流を承継するのは自分しかいないと自負していた。それに、財界の支持もあり、他の候補者を寄せつけない資金力がある。

池田は、国会に近いヒルトン・ホテルの幾部屋かを借りて選挙対策本部をつくり、自派の幹部と作戦をたて、手分けして公選準備にかかったのである。

話し合いの調整に当たるという名目で、各派のボスたちの意向を探っていた川島幹事長は、大野伴睦を訪ねて「石井ではどうか」と聞いた。

「……おかしいではないか。話し合いということになればだ。岸くんの後継者は、不肖、大野伴睦をおいて他にあるまいが」と、大野はぎょろりと川島を睨んだ。「そのことは、岸くんも、弟の佐藤栄作も承知のはずだ」

「そうですね」と、川島は惚け顔で、「しかし、話し合いには、池田くんが猛反対していますな」といった。

「ふむ」

「どうですかな」

「おれも男だ。黙って引っ込むわけにはいかん」

「公選にうって出ますかな」

「出る」と、大野は胸を張る。

大野も自派の船田中や村上勇など幹部と相談して、赤坂のニュー・ジャパンに選対事務所を開設した。

はじめから大野を全面的に支持したのは、帝国ホテルでの密約に立ち会った河野一郎である。六月の段階での党内情勢はまだ流動的であり、精力的に多数派工作を進めている池田派も単独での過半数には遠かった。岸派の代貸である幹事長の川島正次郎が、大野支持を表明しているのが大きかった。

「……佐藤栄作や藤山くんは仕方がないが、岸くんはわしの支持をすべきだろう」と、大野は河野にいう。

「そうだ。が、岸を信用できるかね」

「いざとなれば、一筆がものをいう」

「岸が身動きできないような手を打つべきではないかね」

「そんな、うまい手があるのか」

「池田も、あんたも、単独では過半数に達しない。結局は、石井との連合がものをいうだろう」

岸が態度を保留しているのは、退陣を表明したとはいえ未だ総理の現職にあるからだと判断していたのである。大野派も河野派も、親分が右向けば全員が右を向く。派閥というものは、親分の意向次第だと考えていたかもしれない。いずれは、一癖も二癖もある川島が岸の意向を帯し、大野の線で岸派をまとめてくれるだろうと期待していた。

石井派も、選挙本部を構えた。

三木武夫は石井支持を表明した。

藤山愛一郎は、政界に進出して僅か三年しかたっていない。彼は次の機会を期待して、一派を形成するために立候補したのである。

問題は、岸派の動向にかかっていた。

政権を失うことが明らかになったとたん、箍《たが》がはずされたと同じであって、幹部たちは保身のために思い思いの動きを始める。岸は退陣後も政界への影響力を残すため、自派を統率しようと考えたが、それは不可能なことだった。退陣を表明した時から、彼は自派閥の幹部を統御できなくなっていた。岸派の幹部で、はじめから池田支持を鮮明にしていたのは赤城宗徳である。ついで、椎名悦三郎が池田の支持を明確にした。大蔵官僚出身の福田赳夫は池田と財政政策を異にするとして岸派に付いていたので、南条徳男、江崎真澄らとともに藤山支持にまわった。岸の代貸だった川島正次郎は、党人として大野や河野に友情をもっていたから、池田支持に傾いた岸を離れて大野を支持することにしていた。岸は川島を説得して、池田支持に靡かせようとするが、川島は態度を曖昧にして応じない。それぞれが、何人かの手勢を連れて岸派は幾つかに分裂していたのである。しかし、その実態は流動的で、去就を決めかねている者が多い。

河野一郎が奮闘し、石井光次郎は三木武夫に会って、「一、二位の決戦投票になれば大野を支持する」という約束を取りつけた。

そういう状況のまま、総裁選挙の前日七月十二日になった。

その朝、千束の家に東を迎えにいった矢崎が、「きわどい競り合いになっているようですね」と、東に報告した。前日の夕刻、池田派が屯するヒルトン・ホテルへ行った東は夜中過ぎに帰宅した。

「……二、三位連合が成功すれば、伴ちゃんの天下になるだろう」

「池田は駄目ですかねえ」

「ふん。順調に行けばだ。柳の下に二匹目の泥鰌がいるかなあ。駒形の泥鰌屋にでも聞いてみるか」と、東五郎はいった。

前の晩に、参議院議員で池田派の幹部だった塩見俊二が堤八郎と、赤坂山王の日枝神社の境内まで買い物袋を二つ運び、石井派の参議院議員に分けて渡したことを知っている。確かめたわけではないが、中には億という資金が入っていた。どういう効果が出るか、池田派と同根である旧吉田系の石井派内部を読み切った池田の博奕である。堤が嬉しそうにしていたので、カマをかけて聞き出したのだ。しかし、その事は東五郎の記憶では無かった事にしてある。

大野派は、総数五百一票の内、一回目の投票で百七十票とって一位になると票読みをしていた。仮に二位でも、二、三位連合が活きてくる。

しかし、十二日の深夜になって状況が一変した。

十三日の午前三時ころ、大野は泊まっていたホテル・ニュージャパンの六階自室で参謀の村上勇や青木正らに起こされた。

「……灘尾弘吉くんによると、参議院の石井派が池田に切り崩されて、決選投票になっても大野に行く票は二、三十しか約束できないので、ご迷惑をかける事になるかもしれん、と、いってきました」と、青木がいう。

——どういう事だ。

大野には、事態がのみこめなかった。

石井との二、三位連合が崩れたら勝目はない。

そこへ、川島がやって来た。

彼によると、決選投票では藤山派も、全部池田に回るというのだ。

「進退ここにきわまる。弁慶の立ち往生だ」大野の言葉は冗談めいているが、苦渋の顔は真っ赤に燃えていた。

「どうしようもなくなった。……いいにくいことだが、池田を阻止するには、きみが立候補をあきらめ初めから石井くんに票を集めるしかあるまい。それなら、石井派も崩れんだろう」と、冷めた顔で川島がいう。

「河野くんを呼べ」握り締めた大野の拳はぶるぶる震えていた。

しばらくたって、河野一郎がやって来た。

「大野くん」と、河野は絶句した。

「身を殺して、仁を成す、だ」呻くように大野はいって河野を見つめ、ぽろぽろと涙を流した。

大野の側近も、みな慟哭した。

無念遣る方なかった。

十三日の党大会は、議長と副議長を選出しただけで翌日に延期された。有力な総裁候補の一人大野伴睦が、立候補を辞退すると申し出たためである。

その日午後三時から、ホテル・ニュージャパンで、大野の記者会見が行われることになり、大勢の新聞記者やラジオのインタビュー記者が集まった。東五郎らが営んでいたナイトクラブ『クラブ・ブロードウエイ』でバーテンの真似事をしていた長谷川仁も、産経新聞の記者として取材に行った。彼もいずれは、政界に打って出たいと考えていた。岸と大野の密約の噂は政界や新聞の政治記者の間で知れわたっていたので、その暴露があるかもしれないと注目したのだ。

記者会見が行われる部屋に、村上勇、水田三喜男、船田中ら自派の幹部を従えた大野伴睦は、憔悴した顔だったが、双眸には押さえかねている憤怒があった。彼は、怒りを押さえるかのように、記者団を見回し間をおいて口をひらいた。

「自民党総裁候補を辞退する理由をご説明申し上げる。……不肖、大野伴睦。自ら総理総裁を望んで立候補していたわけではない。わしは、その地位が格別、名誉な地位だと思わない」と、大野はもう一度記者団を睨むように見回した。「一昨年末のことだ。警職法問題で岸内閣が苦境にあった時、わしも岸くんに愛想をつかして副総裁を辞任し自分の道を歩もうと思ったが、岸くんが是非助けてくれといってきたんだ。……昨年一月五日の晩に、岸くんの熱海の別荘へ招かれ、重ねて協力を求められた。その時、岸くんがだ、こういった。自分の使命は安保条約の成立で終わる。あとは、あなたに是非やってもらいたいのだ、という。わしは、その任でないと答えた」

大野の発言は、そのままラジオの特別番組で放送されていた。

大会が延期されたので、党の関係者はほとんど本部へ帰りラジオを聞いていた。大会の警備の責任を負っていた東も山本も、党本部のラジオに聞きいった。咳一つ聞こえないほど、党員は大野の発言に集中していた。山本は東よりも大野と親しく、もとの稼業の関係からパチンコ屋や料飲関係で成功した子分らに金を集めさせて大野に軍資金を届けたりする仲だから、身を乗り出すようにしてラジオを聞いていた。

「……それから間もなくだ。岸くんとわしは、某財界人の斡旋で会談した。岸くんとわしの会談には、佐藤栄作くんと河野くん、それに財界人ら三人が立ち会った。総理大臣の岸くんは、その時も、後継総裁にわしを推すという。岸くんは、大野氏を後継首班に推すという意味で、自ら筆をとり誓約の署名をし同席した者もみな署名したんだ。わしは、現職の総理がだ、二度まで約束したので、政治家として総裁になるべく希望を抱いた。そこへ今度の政変である。必ずや、岸くんはわしを支持してくれるだろうと信じて、わしは立候補したのである」大野はそこで無念そうに眼を閉じた。

すこし、瞑想したあと、かっと眼を開いた。

「ところがだ、今朝早くから、情勢の急変である。わしは茫然となったが、どうにかして金権政治、権力政治を阻止しなければならんと決意し、大死一番、石井くんで党の良識を結集するため身を捨てる心境になった。……立候補を断念することは、男子としてまことに無念極まる。心中乱れて麻の如し、だ。が、権謀術数は政治家の常。国民は、この大野の心情をよく理解してくれるものと思う」

大野の双眸には、うっすらと涙が光っていた。

ラジオを聞いていた自民党員は、大きなショックを受けた。院外団の団員たちも例外ではない。噂に流れていても、政界の密約は墓の中まで持って行くのが政治家の常道といわれている。大野はそれを破って、政権を私事の如く扱った事実を暴露している。彼のように義理と人情を標榜してきた男が、これほどの事実をぶちまけるのはよくよくの事だ。

——伴ちゃんは、岸と刺し違えたな。

と、東五郎は思った。

大野の辞退によって党大会が一日延びたことは、結果からみて党人派にはマイナスになった。大野の支持勢力をあげて石井票に結集させる計画だったが、その一日の間に池田、岸、佐藤派らから逆に党人派は切り崩された。川島正次郎は、「大野くんが下りた以上、おれは河野くんと行動を共にする理由がなくなった」といって、さっさと池田支持に回ってしまった。大野は、「奴とは二度と口をききたくない」と激怒し、河野は、「わが方は鏡を後ろにして麻雀をしていたようなものだった。川島ははじめから、大野の支持者の名前を向こうに知らせていたに違いない。手の内が読めるから、向こうが的確な手を打って次々と崩されたんだ」と、取り巻の新聞記者に慨嘆した。

記者会見が終わったあと、大野はホテルの六階の部屋へ籠もり、着物の腕を捲くり上げて自棄酒を飲んでいた。ひどく機嫌が悪いから、側近も近寄らない。院外団の幹部らが、先輩を慰めようとやって来たとき、大野の傍には一人だけ相手をしている男がいた。痩せ形の暗い目付きの男で、年は六十歳ほどに見えた。彼は九州出身の荒牧退助という男で、戦前の右翼大化会の一員だった。戦後は大野の世話になったこともあり、時々、大野の自宅へも出入りしていたが、院外団ではない。

「大野先生、まことに残念です」と、誰かが挨拶すると大野は院外団の幹部らをじろりと睨んだ。

「ふむ。おれは、人間を信じられなくなっているんだ」

「お察しします」

「無念だなあ」

「荒牧くんは、何時来たんだね」と東五郎がたずねた。

「児玉誉士夫くんが、様子ば見てこいといわれるので、朝から大野先生の傍に付いとるとです。今度の事は、大野先生だけでなく児玉くんにも泥ば投げられた事になりますばい」と、答えた。

荒牧は顔見知りの山本に、目配せして隣の部屋へ誘い出した。

しばらくすると、山本が東を呼んだ。

「なんだい」

「このままでは、伴睦先生がかわいそうだと荒牧くんがいうんだ」

「そうだな」

「岸の肝っ玉を冷やすような工夫はないかね。あれば、うちの若い者にやらせるよ」と、山本がいう。

「生命をとるのかい」東の眼がきらりと光る。

「それほどのことでなくてもいいさ」

「よせよ。兄弟は引退してるんだぜ。それに、兄弟の関係者だったら、大野がヤクザを使ったといわれて逆に迷惑するぜ」

「そうだな、日本の総理をやるんだから、ひとかどの武士でなけりゃすっきりした話にはならないや」

二人の話を聞いていた荒牧は、「岸に会って、一言いってやりたいことがある。党大会のあとで総理主催のパーティがあると聞いているが、きみは行くのかね」と、山本にきいた。

「うん、行くことになっている」

「東くんもか」

「ああ、東の兄弟と一緒だ」

「じゃ、駄目だなあ」

「あんたも行くのか」

「わしは、入場券がないからね」

「そんなもの、わけないさ。党大会傍聴用のリボンを付けていればいいんだから」

「手に入るかね」荒牧の眼に、一瞬凄味が浮かんで消えた。

「おれが、貰ってやるよ」と、東は答えた。

「あんたらには、迷惑かけん。出来るなら、手に入れてもらいたい」

「承知した」

荒牧退助は、それ以上なにもいわなかった。

以心伝心である。何かを為そうと決心している荒牧の心が東にも伝わった。

七月十四日、自民党大会の二日目になった。

東五郎は、真新しい白麻の背広に渋い紺色のネクタイをしめて、党本部さしまわしのハイヤーに乗った。助手席には前の晩本部に泊まりこみ、波瀾含みの大会場を警備する若者の手配をしていた矢崎武昭が乗っていた。矢崎は、「間違いなく届けてきました」と東に報告した。昨夜遅く、矢崎は東に、神楽坂の待合へ小さな紙包みを届けるよういわれた。中に何が入っていたかは知らない。彼は東五郎の使いだといって、荒牧に渡すよう待合の女中に頼んで帰ってきたのだ。

彼らは定刻よりも、すこし早く会場へ到着した。

東は控室の前で、岸の到着を待っていた。控室の隣では、選挙管理委員らが投票の準備をしていた。東たちが屯しているあたりには、様々の情報や噂が伝わってくる。「松村謙三も下りて、石井に合流するらしい。早朝から赤坂の三木派事務所で、その打ち合わせがおこなわれている」という噂もあった。党人派も必死になって、態勢の立て直しに当たっているのがわかる。総裁候補は大野が下りたので、党総務会長の石井光次郎、通産大臣の池田勇人、外務大臣の藤山愛一郎の三人になった。しかし、実質は、大野派や河野派や三木派が合流して推す石井と、岸派の大半と佐藤派が推す池田の対立である。彼らは、それぞれの選挙事務所に集まって気勢を上げ大会会場へ向かった。地方の代議員は、缶詰になっていたホテルや旅館から、派閥の代議士や秘書たちに付き添われて会場にやって来る。

総裁控室には、総裁の岸と副総裁の大野が、離れた席でそれぞれの取り巻きに囲まれ開会を待っていた。

——呉越同舟だなあ。

と、東は思う。

よく見ると、二人は顔を背けあったままだ。

「彼は、荒牧は来てるかい」と、山本が東にきいた。

「ここへは来ないだろう」

大会会場からは、「早くやれ」とか、「何時まで待たせるんだ」とか、盛んに野次が飛んでいた。

松村の辞退などがあったため、予定より遅れ十一時半にやっと開会された。

自民党の総裁は、そのまま時の総理大臣の地位が約束されていた。総理大臣を擁する主流派に連なれば、代議士は大臣の地位や党幹部が約束される。また、地方の代議員にも何かと見返りが期待できる。その反対は、選挙が苦しくなるし、利権からも遠ざけられるから命懸けで争うのだ。党人派の票読みでは、第一回目の投票で二百五十票を超えると見ていた。しかし、希望的観測が多すぎると、東は見ていた。官僚の仕事は手堅いから、党人派のうちかなりの票が切り崩されているだろうと思う。岸が大野を裏切ったところから、党人派の瓦解が始まっているのだ。

大会議長の星島二郎が議長席に着いて開会を宣言し、すぐに総裁選挙の投票に移った。

投票の間は、会場がざわめき続ける。中には、投票用紙に書いた名前を、会場の仲間に見せて箱に入れる者もいる。いい年齢の大人が、まるで小学生のような事をして喜んでいる。五百人ほどの投票だから、終わるまで一時間以上もかかった。投票が終わると、選挙管理委員が壇上で開票していく。

「それでは、投票結果を発表いたします」と、選挙管理委員長が一呼吸した。一位は石井か池田か、会場は静まり代議員も傍聴席も固唾を呑んだ。

「……池田勇人くん、二百四十六票」委員長の発表で、池田派がわっとなった。「石井光次郎くん、百九十六票。藤山愛一郎くん、四十九票。……松村謙三くん、五票。大野伴睦くん、一票。佐藤栄作くん、一票。投票総数、五百一票。有効投票数、四百九十八票。無効、三票。以上であります。よって、過半数に達する候補者はなく、ただちに決選投票に移ります」と、委員長は報告した。

過半数に達しなかったが、池田の得票はあと五票と迫っていた。塩見俊二などの活躍で参議院の票が池田にまとまったのと、岸や佐藤派の応援と前尾繁三郎や大平正芳らの活躍で地方代議員の票を押さえることが出来たからである。

――勝負あったな。

と、誰しも思った。

決選投票では、藤山票のほとんどが池田に流れた。

池田勇人　三〇二票。

石井光次郎　一九四票。

無効　五票。

まさに、党人派の惨敗であった。

池田は、代議員席で佐藤と握手し壇上にむかった。

党役員も次々に壇上にあがり、池田と握手して定められた席につく。

新総裁の池田の挨拶がはじまったころ、東五郎らは演壇の後方に向かい控室で池田を待った。

いま、その瞬間から、院外団の主な役目に新総裁池田勇人の護衛が加わる。

堤八郎は感激して、東の手を握り締めた。

産経新聞の政治部記者だった長谷川仁も、陰で池田を応援していたから、東のところへ来るなり握手を求めたのであった。

「機会があれば、わたしも政界に出ます」と、長谷川はいった。彼は池田派に属して、参議院議員に立候補する希望を持っていた。

＊

その日の午後二時から、永田町の総理大臣官邸で自民党新総裁の就任祝賀園遊会が行われた。

大会の開会が遅れたので、池田が総裁に選出されたのは午後一時近くなっていた。

党役員や代議員たちは、会場の日比谷公会堂からそのまま総理官邸に向かった。

国会で首班指名が行われるまでは岸が官邸の主であるが、池田はまるで凱旋将軍のように胸をはって官邸大食堂に向かった。新しい権力者に、少しでも早く近づこうと、次の大臣候補や党役員候補が自薦のために群れ集まってくる。池田は自派や佐藤派の幹部に囲まれ興奮した顔で、時々、しゃがれ声で支持者に謝辞をいう。

新しい権力者が、一歩動くたびに人垣が揺れる。

東五郎と山本五郎は、池田のすぐ後ろの左右に付き添って辺りに目を配っていた。

権力者に取入ろうとする年配の男たちの顔には、野心と欲望と媚が露骨に表れていた。

――すさまじいな。

と、東は思う。

木立に囲まれた広い芝生の庭園には、あちこちに模擬店が設営されて大勢の自民党関係者が酒を飲み気炎をあげている。新旧総裁の池田と岸が、庭園に面したバルコニーに姿を見せたのは午後二時二十分ころだった。二人は交互に万歳の三唱を受けた。「自由民主党前総裁岸信介くん。ばんざい」

「ばんざい」「ばんざい」

岸の後は池田の万歳がつづく。

万歳三唱のあと、岸は池田や参会者に軽い会釈をして、大食堂の方へ引き返そうと五、六歩進んだ。東五郎は池田の傍で、荒牧退助が岸の後を追って行くのを見ていた。どどっと、人垣が崩れ、「あぶない!」と、悲鳴が聞こえた。

短刀のような刃物をふりかざした男が、護衛を押し退けて岸に迫っていた。

岸は、臀部に焼けつくような痛みを感じた。

「ひーっ!」と、岸が悲鳴を上げた。

「その男を、はやく!」と、誰かが叫び、傍らにいた前代議士の福井勇が無意識に暴漢の短刀を叩き落としていた。荒牧は、それ以後まったく抵抗しなかった。

蒼白な顔で、側近に抱きかかえられた岸の眼が恐怖におののいているのを東は見た。彼は池田を庇うように、混乱した現場で立ちはだかり、押さえこまれた荒牧を見ていた。彼の背広の襟には、東が届けさせた党大会傍聴者用のピンク・リボンがひらめいていた。東は他の院外団員のように、大野伴睦への義理はなかったし荒牧とも深い付き合いはなかったが、六十歳を過ぎてなお男であろうとする荒牧の侠気に感じるものがあった。庭園の奥の方にいた者は、何が起こっているのか判らなかった。大食堂の入口で起きている混乱を、茫然と眺めているだけだった。

警備の私服警官に引き渡された荒牧は、東らの方をちらっと振り返って満足そうな微笑みを浮かべた。

現職の総理大臣が、しかも官邸のなかで襲われたのだから、警備責任がある警視庁は大騒ぎである。新聞記者たちも、大ニュースの実態を知ろうと走り回っている。荒牧に尻を刺された岸は、まるで死人のようにぐったりと青ざめ、側近の者たちに抱きかかえられて玄関に運ばれ、救急車に収容されて赤坂の前田病院へ担ぎこまれた。

「冷たいものでも飲んで帰るかい」

「そうしよう」

山本五郎が東を誘った。

彼らはいつものように、銀座の土橋で車を降りると資生堂パーラーまで歩いた。ウエイトレスが注文を取りに来ると、二人とも「フルーツパフェ」といった。まだ初々しさが残るウエイトレスは、ちょっとグラマーでしっかりした腰つきだった。彼女は、「フルーツパフェですか」と問いなおした。口髭を撫でている上品な男と、坊主頭の大男が同じような三ツ揃いで少女が好むフルーツパフェを注文したのが少し可笑しかったのかもしれない。

「兄弟は、ああいう太りぎみの娘さんは好みじゃなかったな」と、山本。

「それがこのごろ変わったんだ。大柄の娘に、めっぽうひかれるんだ」

「今日は、みょうに疲れたぜ」

「うん。お互い、年だなあ」と、東。

「あの男も、年だからブタ箱の生活は辛いだろうな。警視庁も慌ててるだろうぜ」

「一番知りたいのは、背後関係だろう」

「あの男の器量でしたことだから、背後関係などありはせんじゃないか」

「そうなんだが、彼がどうして官邸に入れたかを調べるにちがいない。話の経緯からすれば、おれたちも同罪だよ。おれは、院外団の先輩である伴ちゃんが舐められたまま引っ込むのは我慢できんのだ。もし、彼がやらなかったら、山本の兄弟のところか、藤田の兄弟のところかの若い者にやらせていたかもしれん」

「その通りだ。しかし、あの年寄りが、本気でやるとは思わなかったぜ」

「じつのところ、おれもたかを括っていたんだ」

彼らが噂しあう荒牧退助は、福岡県若松市出身で、昭和十四年五月から右翼団体の大化会に属している。大化会は児玉誉士夫の先輩の岩田富美夫らが創設した団体である。岩田は福岡の侠客梅津高次郎と親交があり、梅津の長男良平の舎弟だった宮武実も大化会のメンバーだった。荒牧も宮武らの仲間であろう。戦後、彼は福岡や佐賀に居住していたが、昭和三十二年には東京へ移転し、事件を起こしたときはアパートに妻と会社員の長男が同居していた。若干の収入はあったろうが、生活状態は貧しかったらしい。

東五郎が自宅へ帰りついたころには、テレビ・ニュースが官邸の事件を大きく報道していた。

「おとうさん。産経の長谷川さんから電話があったよ」と、テレビを見ていた照道がいった。

「そうか」と、いって東は着物に着替えた。

照道も、大学生である。彼は父親の五郎より、藤田や山本に可愛がられていた。大学入試の結果の発表を、大きな米車で一緒に見に行ってくれた帰りに、藤田はお祝いだといって背広をつくってくれた。藤田も山本も、父親よりも金回りがよかったのだ。

「官邸では、小父さんたちと一緒だったの」

「うん」

「岸総理は、どうして斬られたんだろう」

「さあ、どうしてだと思うかね」

「大野先生を裏切ったからでしょうか」

「そうかも知れないね」

「ぼくだったら、失敗しなかったと思うよ」

「……遣り損なったと思うかね」

「ええ」

照道は、示現《じげん》流という古武道の抜刀術を修行していた。少年だが、太刀筋がよいといわれている。白刃が鞘走った時は、必殺の一撃を加えるのが居合である。東五郎は息子の言葉にすこし戸惑った。

「照道。剣の極意は、人の生命を活かすことを忘れてはいかん」と、東はいった。息子にはめったに見せない、怖い顔をしていた。

＊

警視庁公安二課は記者会見をして、翌日の新聞は荒牧退助の取り調べ状況を詳しく報道した。荒牧のアパートからは、彼の交遊をしめす保守系国会議員や右翼団体関係者らの名刺などが押収されているが、直接の背後関係を示すような証拠は何もなかった。新聞記事によると、

――荒牧は、ハガチー事件が発生した六月十日ころから、岸首相に反省を促すため、心ある者が「（岸を）痛い目にあわせせなければならない」と、考えた。去る二日付の新聞夕刊で十三日に自民党大会が開かれることを知り、混雑に紛れて襲撃を決意、当日は午前十時すぎ、ズボンのポケットに、犯行に使った登山ナイフをしのばせ、会場の産経ホールに行き機会を狙った。しかし、総裁公選は行われなかったので二時過ぎに帰宅し、翌十四日、日比谷公会堂の大会会場へ行ったという。大会参加章を、誰に貰ったかについては黙秘し

ている。

捜査当局は当然、荒牧に参加章のリボンを誰が渡したかに注目して、大会運営委員会へ問い合わせてきた。党本部の事務局は総裁選挙に関する代議員の確認に注意を奪われ、一般傍聴者の管理までは手がまわらなかったので、関係団体に大まかな数を聞いて少し多目にまとめて渡したから、その行き先は確認できない。院外団もまとめて渡されたが、選挙に直接関係するものではないから管理は杜撰だった。捜査当局からは、団の事務局にも捜査に協力してもらいたいとの申し入れがあった。

「そんなもの、誰がどうしたかわからんな」と、大幹部の一人荒牧忠志はいう。もしかすると、団の誰かが関係しているかも知れないと思うから、警察の手先のような事はしたくないのだ。

「そういわずに、協力してやったらどうだ」と、事情をしらない堤八郎がいう。

「あれは、おれが渡してやったんだ」と東五郎は平然といった。

「冗談だろう。五郎ちゃん」と、堤は驚く。

「いつもの、お惚《とぼ》けだよ」と、山本は誤魔化した。

警視庁の公安二課も、参加章が意図的に渡されたかどうかは別にして、多分、院外団の誰かが荒牧に渡してやったにちがいないと睨んでいた。大幹部たちは刑事らを相手にしないので、下の団員を聞き込みに歩いた。若手で売り出している矢崎武昭の自宅へも、二人づれの刑事がやって来た。

「何の用ですか」矢崎は、惚けて聞いた。

「矢崎さんは、総理官邸のパーティに出席しましたね」

「出ましたよ」

「どなたと一緒ですか」

「わたしは、党本部の関係者ですよ。誰彼となく、みな一緒です」

「荒牧退助という人物は、時々、党の本部に出入りしていましたか」

「さあ。たまにしか、見掛けたことはないね。先方もわたしの名前など知らんでしょう」

「あなたは、近くで事件を見ましたね」

「見ましたよ」

「東先生もご一緒でしたか」

「きみたちは、何を聞きたいんだね。東先生なら、池田新総裁に付きっきりでしたよ」

「東先生は、最近、荒牧と会った事はないですかね」と、年配の刑事が聞いた。

「あんたたちは、わたしを岡っ引きがわりに使おうというのかい。いいかね。わたしは自民党員だぜ。きみたちに協力すべき事は協力するが、出来ることと出来ないことがある。同志の動向を探りたかったら本人に聞けばよいではないか。東先生のことは、東先生に聞いてくれ。それが、あんたたちの職務だろう」

「そんなつもりは無いですが、何分にも現職の総理が襲われた事件ですからね」

「総理だから特別に捜査をするのかね。たかだか、臀部を刺された傷害事件じゃないか。あの程度なら、毎晩何処かで起こっているつまらん事件だ。わたしも確かに見ていたが、殺そうとしたらもっと身体ごとぶっつかって行ったろう。そうはおもわんかね」

「それは、そうかも知れませんが、警視庁としては重大な警備上の手落ちです。何とか事件を解決しなければなりません」

「あたりまえだろう」

「まあ、一つ、ご協力願いますよ」

「協力はするさ。しかし、わたしが自民党本部の仕事をしているのを忘れんでもらいたいね」

矢崎は刑事の質問から、荒牧退助の捜査はあまり進展がないのを推察した。彼は、東に命じられて神楽坂の待合へ届けた中身が、大会参加章ではなかったろうかと思っている。

事件から一週間ほどたったころ、浅草界隈のめぼしい所を山本五郎が東を探し歩いていた。

山本の自宅に、田中栄一という代議士から電話があって会いたいというのだ。政治家としての田中は東京一区選出で一流とはいえなかったが、何しろ昭和二十三年二月から二十九年六月まで六年余りも警視総監を務めているから、首都圏の裏社会には今だに睨みを利かせていた。山本にとっては、苦手な人物の一人である。だから、東と一緒に行きたかった。しかし、東の行方は矢崎も知らない。そこで、神原録郎に連絡して、今夜中に探してくれるよう頼んだ。神原は、「新しい女が出来て、何処かへしけこんでいるはずです」と苦笑している。

神原がいっていたように、翌朝十時ころ、澄ました顔で自慢の髭を撫でつけながら東は議員会館の田中事務所へ現れた。若い女性に堪能するまで触れたためか、顔色は艶やかで足どりも颯爽としていた。山本五郎は入口の秘書室で、何人かの先客と一緒にいらいらした顔で待っていた。奥の議員執務室には、来客があって何かひそひそ話していた。

「いったい、何処へシケ込んでいたんだ」山本は、ほっとした表情で汗を拭った。

「待ったかい」

「当たり前だ」

「おれがいなきゃ、兄弟が困るときもあるんだな」

「いったい、何の用事だろう。おれは、ここの先生には弱いんだよ」

「まあ、心配しさんな」

「兄弟に任すよ」

東は秘書に断って、電話を借りた。その日、彼は保護司会の陳情で、法務省の地方検事時代から親しい大沢一郎矯正局長と昼食を共にする約束をしていた。大沢は後に法務次官や検事総長を務める検察のエリートである。大沢は東北地方へ出張していて、その日昼前に役所へ帰ってくると聞いている。東は、大沢が帰って来たら田中事務所へ電話をくれるよう頼んだ。

先客が帰ると、東は次の客に断って山本を促し勝手に議員執務室へ入って行った。応接セットの奥まった椅子に腰をかけた田中は、背広を脱ぎYシャツの腕を捲くっていた。

「……お召しによって、参上つかまつりました」東はコールマン髭を撫でながら、慇懃に挨拶したが何処か芝居がかっている。

「なんだ。一緒に来たのか」田中は、秘書が持ってきた冷たいタオルで顔を拭いた。

「どういう、御用ですかな」

「うん。きみたちに協力してもらいたい事がある」

「……」

「実はね。党大会の参加章を、荒牧に渡したのが院外団にいないか、調べてほしいんだ」

――来たな。

と、東は思うが惚けた顔で、「何だ。そんな事なら、わざわざ呼んでいただかなくても電話でよかったのに」

「それもそうだが、きみたちに敬意を表しての事だ」

「あれはね。田中先生。わたしが渡したかも知れませんよ」

「ほんとうかね」

「わたしの他に、そんな事をする者がいますかねえ」東はけろっとした表情だった。田中の目に凄味が光る。彼は東の心中を覗き込むかのように、相手の瞳を凝視した。東の瞳は、田中の眼光を柔らかく吸い取る。しかし、芯には、捕まえるならそうしてみろと開き直った覚悟が見える。

そこへ、法務省の大沢から電話がかかって来た。

「いまね。田中先生にえらい目にあっています。この東五郎がですなあ、岸総理襲撃の黒幕だと仰るんです」東は笑いながらそういった。

「ワッハッハ！」突然、弾けるように田中が笑った。「東くん、きみには負けたよ。警視庁から、院外団は苦手だから宜しくって頼まれたんだが、大沢くんなら、ちょっと電話を代わってくれ」と言う。

「東くんは、わしに自白したんだよ。ワッハッハ。警察で自白しても、検察ではひっくり返すだって。ワッハッハ。そうだなあ。東くんを引っ張っても仕方がないだろう。……昼飯を食うんだって、あんまり冗談をいわないよう、きみからも、厳重に注意しておいてくれよ。ああ。警視庁へは伝えておくさ。こんな男と真面目に相手してるのは無駄だよってね」

田中は、ある程度まで真相を見抜いていたにちがいない。しかし、院外団常任理事の東五郎の責任を追及すると、かえって大騒ぎになり、政界深部へ余計な疑惑を広げることになる。警察が東を追及しても何も出ないだろうし、この辺で幕を引いた方が党人派を刺激せずに済む。過去何回もあった政治テロで、真の黒幕が明らかにされた例はないのだ。それに、新総裁を選んで世上を落ち着かせようという時期、自民党として得策ではないとも判断したのだ。元警視総監がブラック・ホールになって、荒牧の背後関係の追及は闇に消えた。

——先生の腹芸だったな。

東は田中の瞳の中を読んで、丁寧に挨拶して執務室を辞去した。

——これで、どうなるかは判らないが、荒牧の取り調べはあまり厳しくはならんだろうな。

薄暗い議員会館を出ると、外の日差しは強く眩かったので東は顔を顰めた。

第五話　道楽の終焉

1

東五郎は、永年、保護司として司法界に貢献したので、藍綬褒章を受けた。その褒章は社会の公益のために貢献があった者に贈られる。刑罰を受けて社会に復帰して来た者の世話をするのが仕事であったが、法務省から支給される手当は僅かな金額で、ほとんどは持ち出しの奉仕である。東は僅かな支給金も自分では取らず、保護司会へ二十余年間寄付しつづけていた。

保護司の制度は、昭和二十四年八月に公布された司法保護委員令の保護委員に始まる。その法令は翌年五月に廃止され、新たに保護司法が制定され、保護委員に代わる保護司の設置が定められた。保護司は、犯罪予防の仕事に参加する非常勤の公務員だが、民間の篤志家を選んで法務大臣が任命するのである。実費弁償金は支給されるが、一般給与の支給はなかった。東五郎は最初から、その実費弁償金も受け取らず、まったくの無償行為を保護司法制定によって任命された時からつづけてきたのだ。

妻の綾子によると、

――刑務所を出たばかりの男がねえ。保護司の所へ行けば何でも相談にのってもらえると思って、金を貸してくれといってくるのもいるんです。生活保護と間違えているんです。「うちは、そんなんじゃない」って、幾ら説明しても中々わからないのがいてね。時々凄んだりするんですよ。まあ、お父さん（東）のところへ回されて来るのは、人を斬ったとか、殺したとか、そういうことで刑務所にいってた者が多かったでしょう。だからわたしを脅したりして、怖かったですよ。しまいには、慣れちゃったけれど。

そういう人の家を訪ねて行くと、そりゃあかわいそうな生活しているでしょう。ついつい気の毒になっちゃって、お父さんは結局、持っているお金を置いて帰る。うちだって、あり余って楽な生活しているわけじゃないんだから、すこしは考えればいいのにねえ。

かわいそうだと思うと全部お金をわたしちゃう。お父さんというのはそんなところがあった。

どういうのか、見栄っぱりだったから。

夫の性格を見抜いている彼女が、見栄っぱりというのは一種の照れであって、そういう夫の行為をけっこう楽しんでいたかもしれない。東五郎も照れ屋だから、自分の行為を他人にひけらかすような事はしなかった。少年のころから貧困の苦しみを体験したわけでもないのに、彼は貧しい者や弱い者に対して強い同情心を持っていた。しかし、彼の好意は何時もさり気なく行われた。

――東先生はね。

ある時期、不遇な韓国や朝鮮の人々を随分世話したんですよ。浅草には、沢山いましたからね。そういう、貧しい人々から、ほんとうに慕われていました。歌手や芸能界にも、韓国系の人々がいるでしょう。そういう人たちのために、随分力になってやった例がありますよ。

それで、東は朝鮮人ではないかって、誤解された事もあるんです。それでいて、その人たちが成功するでしょう。そうすると、先生から遠ざかって知らぬふりをしている。

なにしろ、性質が殿様のような人ですから、世話したことなどすぐに忘れちゃう。お金にも、無頓着ですからねえ。

あるとき、極東の若い衆と、上野、浅草界隈ではキャバレー王といわれた上長（上原長吉）さんの関係者がもめて怪我人が出たんです。そのごたごたは、東先生が中に入って話をつけた。仲人だから礼金が来るが、それが少ないんですよ。

「これっぱかしじゃ、飯も食えねえや」って、わたしがこぼすと、「いいよ、いいよ。無事収まったから、いいよ」って。そんなんでした。


側近の神原録郎の話である。

彼は保護司東五郎の実務をずっと手伝っていたから、裕福ではない東の裏の生活もよく知っている。しかし、人徳があったというべきか、困ったなと思うころには何処からか収入があって、恥をかかない営みがつづいていたのである。そういう時期に、褒章を受けるのは嬉しかった。ことに、明治生まれの男には、国家から受ける栄誉への思いは強烈である。

＊

その日は、東五郎が主役であった。

彼は興行界や政界では、何時も裏方だったから、雛壇で主役を演じるのは初めてだ。

少年のころから馴染みが深い浅草六区の『スカラ座』が、彼の受章を祝う会場になっていた。パーティの飲み物や料理などは、東が可愛がっているキャバレー王の上原長吉が店のコックやマネージャーやボーイを動員して設営し、来客のサービスには界隈のホステスや芸者衆があたる。

田中栄一をはじめ東京選出の国会議員や、都会、区会議員たち。堤八郎、荒牧忠志などの院外団の大幹部。もちろん、岡村吾一、藤田卯一郎、山本五郎、入村貞治などの兄弟分や、東が可愛がってきた映画や歌謡界のスターや浅草で育った役者たちも大勢やって来た。

「おれたちは、逆立ちしても勲章はもらえないから、兄弟がこんなに立派な勲章をもらえるのはほんとうに嬉しい」と、藤田や山本も祝福してくれた。

「ありがとう」と、返礼をする東五郎の顔がほころんでいる。

妻の綾子も大勢の人々の前で、華やかな祝福を受けるのは戦後初めてだった。昔は六区のスター女優だった彼女は、戦前に引退して『福寿草』という料亭を切り盛りして夫を支えた。戦後も彼女の蓄えがあったから、敗戦直後の苦しい時期をしのいできたのである。道楽の限りを尽くし女出入りが絶えなかった夫だが、好きで一緒になった男だから腹が立っても後悔したことはない。彼女が何よりも嬉しかったのは、忘れるほど昔に世話した市井の人々が、東に世話になったことを忘れず飛入りでやって来てくれたことだった。その中には、二度も三度も刑務所へ務めに行って、その度に家族の面倒までみさせられた男もいる。その男は、泣きながら祝いの言葉を述べた。

「女将さん」と、呼びかけられて振り返ると、何処かで会ったように思うがはっきり見覚えていない男がいた。「……あの時はすみませんでした。昔、先生に叱られた、小岩の源蔵です」と、いう。

「ああ」と、思い出した。十年ほど前に、刑務所を出て金をたかりに来た男だった。綾子は、東が怒ってステッキでぶった事を思い出す。十年ほど前といえば、東にはまだ血の気が多かったので時々激しい怒りを見せた。額から血を流していたその男に、綾子が小遣銭を持たせて帰したことがあった。

「先生や女将の事は忘れた事がありません。御蔭さまで堅気になり、小岩で小料理屋をやっています。ついでがあったら、是非寄って下さい」と、男はいった。

少し離れた場所で挨拶を交わしている夫の横顔をみると、すっかり円満な顔付きになってステッキを振り回した面影は見えない。

東五郎や綾子の青春時代、浅草は日本の芸能文化の中心だった。六区は日本のブロードウエイである。戦前はあらゆるスターが浅草の舞台に立って、芸を磨き、ファンたちと交流した。オペラの田谷《たや》力三《りきぞう》、藤原義江。喜劇のエノケン、ロッパ。少女歌劇のターキー。女優の望月優子、清川虹子、三益愛子。詩人のサトウ・ハチロー。劇作家の菊田一夫などは東五郎らとの交遊関係の中で大成している。彼らは、昭和の前半を、前衛的な生き方をしてきた人々だ。しかし、六十歳を過ぎた東五郎がまだ心の若さを保っているのと同じく、老いても昔の仲間の精神は若々しかった。

東五郎は、誰と会っても好感を持たれる微笑みを忘れない。

祝福のために集まってくれた人々の間をぬって、彼は日頃会う事が少ない者たちの所ではゆっくり立ち止まって機知に富んだ笑い話をしたり、硬くなっている男にはビールを注いでやったりした。会場の隅の方に小さくなっている男を見つけると、みなの中へ呼び出してやったり、山本五郎に破門されたままの男の顔を見かけると山本を呼んで許すように口をきいてやったりした。

どんな暮らしをしている者でも、東五郎は差別をしなかった。偉そうな顔をしている大臣も、屋台を引いてラーメンを売っている男も、裸になれば人間であることに変わりはない。

自分が生きて来た半生で一番嬉しい事は、日本が自由な社会になった事だとしみじみ思う。自由な社会になって、日本人が小粒になってしまったかもしれないが、それも進歩の道程だろうと思うのだ。

*

山本五郎が亡くなったのは、昭和四十年十二月二十四日だった。

入院したのは、信濃町の慶応病院である。胃癌だった。ある日、山本が可愛がってくれた息子の照道を連れて見舞いに行った。病床の山本は、ものも言えないほどやつれていたが、東と照道を見詰めてかすかに唇を動かす。だが、声は出ない。ぽろぽろ涙を流している。「兄弟。しっかりしなよ。一人で（あの世へ）行っちゃ嫌だぜ」と東がいうと、うなずきながら泣いている。

別れを告げた二人が、病院を出ようとした時、若い者が走りおりて来て、「東先生、いま、親分が亡くなりました」と泣いた。東五郎は唇をきっと結び一言も発しないで車に乗った。照道が今まで見たことがないほど、怖い顔をしていた。

——兄弟よ。クリスマス・イブに死ぬなんて、何時からキリストになったんだい。

と、東五郎は憎まれ口をいいながら、胸にこみあげる悲しみを押さえきれずぽろぽろと涙を流した。戦前は何時も貧乏していたので、松竹の興行界で羽振りをきかせていた東五郎が金銭や仕事の面で面倒をみる事が多かった。

戦後は姉ケ崎一家で大親分になった山本が金回りも良かったし、東の後押しをする機会も少なくなかったが、山本は生涯を通じて東を立てていた。東五郎は戦前から、検察庁に強いコネを持っていたので、ヤクザにはつきものの警察沙汰になった時、何時も東が口をきいて大過なく過ごせたのである。東はどんな頼まれ事を解決しても、けっして恩着せがましい態度は見せなかった。彼は誠心誠意友人に尽くしたのである。

神原録郎によると、

——東先生は、徹底して柔の人だったが、ここ一番というときは、どうなったかと驚くほど強気に出る人でしたよ。

兄弟関係の若い者が間違いを起こして所轄の警察へ引っ張られますね。そこへ、先生が出ていく。担当がごたごたいっていると、「きみじゃ話が判らん。署長と話をする」と、一喝するんです。署長でもラチがあかない事もある。すると、即座に、「検察庁へ電話をしなさい」という。「誰に回しますか」と聞くと、「大沢さんだ」と答える。大沢一郎さんは東京高検の検事長になっていましたから、署長の眼の前で検事長とやりとりして話をつけるんです。署長以下の所轄の警察官は、雲の上の検事長を電話で呼び出し話をつけるものだから、初めのうちは「あの人は何者だろう」って、不思議そうに見ていましたよ。警察がそんな具合だから、ヤクザにとって先生は神様みたいなものです。

東に頼みに行った親分衆も、彼の神通力にはびっくりしている。

神原の記憶では、警察や検察庁の幹部に特別のつけ届けをしたことは一度もなかった。せいぜい、新しい映画や芝居の招待券を何枚かずつ届けるだけだった。東五郎の人脈は昨日今日できたものではなく、戦前に綾子が経営していた『福寿草』時代に築かれたものが活きていた。

だから、山本五郎も藤田卯一郎も、東五郎を心の支えにしていた。

東五郎は、昭和四十三年一月十九日に行われた第十二回自由民主党同志会の定時総会で副議長を務めている。その前にも何度か副議長を務めたことがあったが、山本が亡くなってからはじめてだった。議長一人と副議長三人は、最高幹部の常任理事から選ばれる。議長団の席について、東五郎は生前の山本が一度でいいから壇上の副議長席につきたいといっていたのを思い出す。山本が「おれも、副議長にしろ」といいだすと、大方の者は内心反対でも出るなとはいえなかった。そういう空気は、敏感な東にはよくわかる。総会は新聞記者も傍聴に来るから、元とはいえヤクザの大親分が議長団に入っているのはまずいのだ。そんなとき、東は「兄弟よ。身体にクリカラ紋々のある男が議長団に入っているのが外部に知れたら、同志会がどんな中傷を受けるかしれないぜ。兄弟の代わりにおれが出るよ」といって山本を諦めさせた。

——兄弟に、もうすこし優しくしてやればよかった。

と思う。

その年の総会には、院外団初代団長の海原清平もいなかった。

団長は、法務大臣などを歴任した木村篤太郎である。

——思えば長い付き合いだなあ。

と、東は木村の横顔を見つめた。

痩せた李承晩、というのが木村の仇名である。彼の顔は、韓国の大統領だった李承晩によく似ている。木村は、ヤクザを組織して『反共抜刀隊』をつくろうとしたり、狂信的とも思われる国粋主義的な言辞で人を驚かせたりする。昭和二十七年一月十八日、韓国政府は北九州と朝鮮半島の間に李承晩ラインを設定して、日本の漁民の操業と立ち入りを禁止したことがある。時に木村は法務総裁兼行政管理庁長官だった。その時も、奇抜な発想をした。

東五郎を呼びつけて、「きみの命を、わしに預けてくれんか」というのだ。

「先生のためになるなら、いいですよ」

「ふむ。わしは、日本の護衛艦に乗り込んで、李承晩ラインを突破してやろうと考えとるんだ。さすればだ。当然、攻撃され我輩は討ち死にということになる。そうだろう」

「そうですな」また大風呂敷を広げていると思ったが、東は真面目な顔で相槌をうった。

「我輩が、討ち死にすれば、国際問題になるじゃろう」

「えらい事になるでしょうなあ」

「そうだろう。できるだけ、派手に出陣して李ラインに向かう。我輩は一国の国務大臣である。しかるべき供を連れて死出の旅にでたい。ついては、日頃よりわしに生命を預けるといっとるきみのような、胆力の据わった男と一緒に死にたいとおもうのだ。承知してくれて嬉しく思う」木村は真剣であった。

「わかりました」と、東は応えたが、何とも馬鹿馬鹿しい話である。えらい男に見込まれたが、それも運命であろう。行政管理庁の長官室を出た東は諦めがはやい。車で自民党本部へ帰る途中でなんとなく自分が国士になった気分になり、本気で木村の供をしてみようと決心した。

堤八郎や山本五郎に話すと、「悪い男に見込まれた」とみなびっくりしている。

「いうなれば、敷島の大和心の心境だな」と、東はいった。何時になく、しんみりしたいい方だった。

「何時行くんだ」彼の同志一同も、東が真剣な顔をしているのでなんとなく悲壮な気分になった。

「わからん。が、半月も一月も先の話ではないだろう」

「李ラインは、われわれもけしからんと思っている。まさに壮図《そうと》であるな。明日にでも盛大な送別会をやるか」と、堤はいった。

二、三日後に、院外団の幹部らが金を集め、新橋の料亭に繰り込み東五郎の餞宴《せんえん》が行われた。が、結果としては、行政管理庁の職員が、民間人を乗せて危険水域に行くことは出来ないと断ってきたのだ。

「まことに、残念だが、東くん諦めてくれ。きみの代わりには、山口県選出の田中龍夫くんを誘うことにした」と木村は頭を下げた。

「無念ですなあ」東は、芝居がかった台詞を吐いた。

田中は、オラが総理の田中義一陸軍大将の息子で、代議士になったばかりだった。籠寅親分こと保良浅之助が父親の義一の舎弟だったこともあり、龍夫も義侠心の強い男だったから木村の話に乗ったのだろう。木村と田中が乗り込んだ護衛艦は、李ライン近くまで行ったがアメリカ海軍に邪魔されて目的を果たせず、ライン近くから追い返されたのである。

その後で、「兄弟は、始めから行く事にはなるまいとみていたな」と、山本五郎はいった。

山本は、木村の大風呂敷と東の才知を見抜いていた。

東五郎は副議長席から、眠そうに眼を閉じている木村篤太郎団長の顔をみた。

——他人は彼をケチというが、山本はいい兄弟分だった。

しみじみと、東は山本との交遊を思う。

＊

時代は、池田内閣の高度成長政策が成功して、日本の経済は大きな発展をとげつつあり、国民の生活も全般的に向上していた。経済の発展が、精神の充実と重なりあっていた時代でもあった。そして、池田の宏池会と関係が深い東五郎にとっても、一番楽しかった時期である。

山本を亡くしてからは、浅草田島町に住む藤田卯一郎と頻繁に行き来するようになっていた。

そのころの東について、実子の照道は次のように語る。

――ぼくは、父親から小遣いをもらった覚えはないんだ。何時も、山本の小父さんか藤田の小父さんがくれた。大学の入学試験の結果を見るのに藤田の小父さんが車で一緒に行ってくれた。試験に通ったことが判ると、「坊やよかったなあ。欲しい物はなんでも小父さんにいってくれ」って、凄く喜んでくれる。

たまたまお金が要ることがあって、

「お父さん。ちょっと小遣いが欲しいんだけど」と父親にいったら、

「おい、びっくりするじゃないか」という。

「一万五千円要るんです」

「そうか」と、口髭を一撫でしながら「照道よ。おれとお前は親子だな」という。

「そうですよ」

「……おれはね。いま女子大生の彼女と付き合っている。いいかね。彼女のために必要な金と、お前に渡す金とどっちが大事だと思う。なあ、おれたちは、親子だから判ってくれるだろう」

ざっと、こんな調子だったんですよ。

——そのころは、藤田の小父さんもね。学習院で仏文を専攻している才媛に熱をあげて付き合っていたな。ある日、「坊や、ロシヤ文学全集を全部揃えてくれるかい」というのです。

「だって、彼女は露文ではなくフランス文学でしょう」

「なんだって、横文字が見えればいいんだ」

「じゃあ、トルストイ全集を買ってきますよ」

と、いうようなことがあって、しばらくすると、あの藤田の小父さんがさ。書生のような飛白《かすり》の着物なんか着て、左脇にトルストイの小説を抱えて彼女と一緒に歩いているんだ。美人だったなあ。藤田の小父さんは随分熱をあげていたから、彼女に尽くしたんじゃないかな。

世間では、鬼も拉《ひし》ぐような大親分が、純情な少年のように女子大生に尽くしている姿は微笑ましい。藤田は惚れた美人妻を亡くしたあと、その女子大生に出会うまでは侘しい生活だったという。

岡村吾一が兄事していた児玉誉士夫が、左翼革命勢力に対抗する組織として『東亜同友会』という既存の右翼路線とは異なった幅広い組織構想を描いていた。その前提として、任侠団体の結集に着手したとき、藤田も松葉会を率いて参加している。しかし、そのころ任侠博徒系の大組織間に抗争事件が続発していたので、児玉はまず抗争を未然に防ぎ、事件が起こったときにはすぐに解決に当たる親睦会を作ろうと呼びかけ、関東は稲川会（当時は錦政会）の稲川裕芳（聖城）会長がまとめ、関西、中国、四国は山口組の田岡一雄組長が担当し、九州は児玉自身が組織化にあたることになった。しかし、その構想は任侠社会独特の事情によって実現には至らなかった。

大きな障害の一つに、神戸の山口組と二代目本多会の対立関係があった。

山口組と本多会は、広島市と呉市において「仁義なき戦い」と呼ばれる壮絶な代理戦争を繰り返していた。

初代本多会会長の本多仁介は山口組組長の田岡一雄と兄弟分で、ともに数県に跨がる広域団体を組織して系列団体の争いがつづいていた。本多の引退披露が三ノ宮のキャバレーで行われた時には、自民党の副総裁大野伴睦も出席して「本多仁介くんは、吉良の仁《に》吉《きち》のような任侠の男である」と演説して物議をかもしたこともある。昭和三十九年五月に、二代目本多会会長の平田勝市と関東の松葉会会長の藤田卯一郎が兄弟分の結縁披露をしたとき、そのチラシから田岡一雄の名前が落とされていたことできわどい対立関係にあった。

全国的な東亜同友会構想は関西がまとまらずに挫折するが、児玉の影響が強かった関東の任侠団体は「共産主義に対し、これを撲滅すべく全面的に闘争を挑み、国民の愛国精神を発揚する」とのスローガンを掲げて『関東会』を発足させた。関東会に加わったのは、松葉会、住吉会、稲川会、北星会、義人党、東声会、国粋会の七団体である。

関東会の理事長には、藤田卯一郎が就任した。

彼は、「関東会は政治結社ではない。暴力団でも暴力組織でもない。（司法）当局に治安上の迷惑をかけないようにしようという友好団体で、政治的意図はない」といいきっている。住吉会会長の磧上義光も国粋会会長の森田政治《まさじ》も、関東会は親睦団体であることを強調していた。

そのころ、癌を病む池田勇人の東京オリンピックを花道にしての退陣が必至であり、自民党の後継総裁の座をめぐって佐藤栄作と河野一郎の水面下での激しい争いがあった。佐藤には実兄岸信介の後を継ぐ福田赳夫らの同盟軍があり、党内に池田と対抗できる勢力を形成していた。一方の河野は盟友だった大野伴睦を失い形勢は不利だったが、池田の指名を期待していたのである。

その時期、関東会七団体名で自民党国会議員に、「自民党は即時派閥抗争を自粛せよ」という警告文が送りつけられた。政界ではこの一文が河野一郎を擁護する立場から書かれていると受け取る者が多く、反河野派を著しく刺激し、福田派の衆議院議員池田正之輔などは、「暴力団が、団結して連名で圧力をかけてくるなどということは、日本政治史上いまだかつてなかったことであり、由々しき問題だ」と、激しく批判を述べた。この警告文は結果として、ヤクザの親分衆と深い関係がつづいている党人派に対して、官僚政治家が攻撃をしかける材料となった。彼らは、警視庁に組織暴力取締本部を発足させて、広域暴力団と認定した団体の集中的な取り締りになっていく。

藤田卯一郎は、警告文が事後承諾の形で出された事に不快感を持った。

彼は任俠社会の重鎮として、山口組と対立関係にあった二代目本多会会長の平田勝市と義兄弟の縁を結んだり、昭和四十年には警察の頂上作戦によって銃刀法違反に問われて服罪したり、その闘志は晩年まで衰えを見せなかったが、昭和四十三年七月二十日不帰の客となった。

——お父さんがね。ほんとうに寂しそうな姿を見せたのは、藤田さんが亡くなった時でした。それから、がっくり衰えたように思います。時々ね。山本や藤田があの世から呼んでいると呟いたりしていました。

と、東五郎の妻綾子はいう。

2

東五郎に晩年まで仕えた神原録郎は、田原町のキャバレー『花電車』の事務所へ詰めていた。そのキャバレーは東が可愛がっていた上原長吉の持店の一つで、『国際劇場』にも近く、ホステスの粒も揃っていたので、浅草で一番の人気キャバレーだった。昼間、東が自民党へ行っている間、神原はホステスの身元を確認したり事務の手伝いをしていたのである。

東五郎は、夕方五時ころふらりと『花電車』へ顔を出す。

——『花電車』には東先生が関係している。

と、知れわたっていたから、町のゴロツキが遊びに来ても嫌がらせのような事は起きない。

――まあ、何たって先生は、女には早いんだ。

『花電車』には、働かせてくれって、毎日、ホステスの応募者がやってくる。私が事務所にいて、名前聞いたり、本籍は何処ですって聞いたりしていた。先生は横に腰かけているんです。

ある日、ちょっと珍しいほどいい女が来た。

「先生。住所を付けときますか」

「うん」と、いいながら東先生は、狸寝入りして目を閉じているんです。

「職業は」

「俳優学校で勉強しています」

声も姿も、もちろん顔も、なんともいい女です。で、採用することにしました。

夜、七時ころには、店を一回りして引上げる。

「飯にしますか」って、先生にいうと、その晩はいいっていうんです。

「神原、ちょっと先に行ってくれ、あとから行くから」って。で、近くにある『とんとん』て餃子屋に行ってお茶を飲んでいた。

そこへ、上長さんの若い衆で、キャバレーのマスターをしている渡辺さんが私を訪ねて来た。

「……神原さん、今日来た中に、いい女がいたそうだねえ」

「ああ。女優さんの卵ですよ」

「これ、神原さんとっといてくれよ」と、金を包んだ袋を渡そうとする。

「何だい」

「いいから、いいから。とっときなよ。その娘を今度よろしく頼むよ」ってね、いうんだ。そこへね、東先生が入って来た。

「神原、くれるものはもらっときな。渡辺くん、手遅れだよ。彼女はおれがもらったからね」と、いってにやっと微笑む。

それくらい手が早い。私が飯食っている間ですからねえ。

先生がちょこっと声をかけると、女の方から寄って来る。ま、女からみるとそれくらい魅力があったってことになりますね。それでもね。「だめだなあ、年をとると。つい、大きいのでも我慢しちゃうんだよなあ」って、こぼしていました。先生は小柄な女が好みだったんです。その女優さんの卵も、先生と関係が出来てすぐ本職の仕事をするようになりましたよ。

上長さんが、「いい女が来ても先生に見せないでくれ」って、「見せたら持って行かれるから商売になんない」って、こぼしていました。

東五郎の女道楽は、晩年になっても衰えをみせなかった。「いい女だねえ」と思うと、自慢の口髭がもぞもぞと痒くなるのだ。妻の綾子に隠して、根岸の方に囲った愛人との間に生まれた娘が中学へ上がったころ、「お父さん。おれには、どうして兄弟ができなかったんだい」と聞いた照道に、「兄弟が欲しいかい」といって突然引き合わせ、「もっと、欲しかったら、他にもいるぜ」といって驚かせたりしたこともある。

＊

しかし、年齢とともに肉体の衰えは自覚していた。

「……銀座の兄弟（山本）と藤田の兄弟が、早く来いよって夢の中で呼ぶんだよ。もう、兄弟の縁を切っちまいたいや」と綾子に言ったりする。

六十歳を過ぎても、年寄りくさい匂いを嫌って、何時も時間をかけて湯を使い、服装にも気を配る習慣は変わらない。綾子にとっては、まるで道楽息子を世話するような生涯だったが、山本や藤田を亡くしてからは、つまらなそうな顔でテレビをみているのを見るとちょっぴりかわいそうな気にもなるのであった。

東五郎の死は、突然に早くやって来た。

彼が身体の異変を感じたのは昭和四十七年十二月二日の朝で、テレビで『トラ・トラ・トラ』という日米合作映画を観ているときだった。映画に出ている一人のアメリカ人俳優の口髭が気にいって、「おお、あの男の口髭がよい。ちょっと、鏡を持って来い」と、綾子に言ったりして、はじめのうちは機嫌がよかった。ところが、急に「胸が苦しい」と言い出したのだ。

「……照道。三井記念病院へ電話してくれ。すぐに入院したい」と、いう。

あわてて、照道が電話したが、病院側は一週間か十日ほど待ってもらいたいとの返事である。そのように伝えると、東は「役にたたんな、お前は。神原を呼べ」という。

神原は十時半ころ、東が倒れたと聞いてとんで来た。すぐに、三井記念病院へ電話をする。

「院長に繋いでくれ。先生が急病だ」と神原はいった。

「どちらの先生でしょうか」

「東五郎先生だ。浅草近くにいて東先生を知らんのかね」

病院の方は東五郎といっても知らない。が、電話の男の言い方では、ど偉い人物のように聞こえる。万一の場合を考えたのか、無理をして病室を調えると「月曜日の朝来て下さい」と返事してきた。「何で、今日では駄目なんだ」と神原は必死に交渉をつづける。

「もういい」と東がいう。「……照道。交渉というのは、こうやってするんだ」と、東は息子に教えた。

彼は苦しかったから、少しでも早く医師の治療を受けたかった。

近くの医院へ電話をしたが、日曜だから気のきいた返事はしない。

午後三時ころになって、やっと病院が見つかり迎えに行くと言ってくれた。

「おい。大島の着物だ」と、まるで何処かへ遊びに出かけるような口調で東は綾子にいう。

「帯は角帯にしますか」

「いや、藤田の兄弟らと一緒につくった絞りがいい」

神原の電話が大袈裟だったからか、東のことを余程の大物と思い込んだ院長が自ら迎えに来て診察したあと病院へ向かった。

病院の玄関には、四、五人の若い看護婦が出迎えた。

彼女たちも緊張していたが、東五郎は若い娘が出迎えてくれたので苦しさを堪えてご機嫌の表情を浮かべた。時々、心臓に差し込むような痛みが走る。その度に身体が硬直するような激痛を感じた。それでも、彼は微笑みを絶やさなかった。若い女の前で、見苦しい死にざまを見せたくないのだ。いくら苦痛が襲って来ても、おれは東五郎だ、微笑みだけは絶やすまいと心に誓っていた。

ベッドに横たわって、東は看護婦の品定めをしていた。

容貌はも一つだが力がありそうなのには、「お前は力がありそうだから、後ろから背中を揉んでくれ」と、いって財布を取り出しチップを渡す。「お前は、足を揉むんだ」といわれたのも、美人の部類ではない。

「きみは、腕を揉んでくれんかね」と、一番の美人看護婦には言葉遣いまで変えて、間近に顔が見えるところを指定する。

病院のベッドに横たわって、苦痛に堪えて自分も微笑みながら、しばらく冗談をいって看護婦を笑わせていた。十分か、十五分ほどそうしていたろうか。

……もういいよ。

と、言おうとしたが舌がもつれて声にならない。

「うっ！」と、言って胸を抱え込み激痛を訴えた。

照道の記憶では、家を出て一時間ほど経過していたろうという。「大変ですから、身内の方々はすぐに来て下さい」と病院から慌てた電話があった。家族の者が駆けつけた時には、医師が必死に胸部を押して呼吸を回復させようとしていた。しかし、呼吸も意識もそのまま回復しなかった。死亡時刻は午後七時二十分、死因は急性心臓麻痺と診断された。

自由気儘に生きて、『電気館レビュー』『カジノ・フォーリー』『エノケン一座』『笑の王国』とレビューや軽演劇を通して浅草興行界に大きな足跡を残した名奥役（プロデューサー）であり、戦後は自民党の院外団最高幹部の一人として政界の裏方に徹した東五郎の死は呆気なかった。しかし、人間の死とはすべてそのように呆気ないものだろう。死ぬまで男の色気を失わず、若い看護婦に囲まれて冗談を言いながらの大往生だった。

通夜は、三日夕刻から千束の自宅で行われた。

大勢の弔問客が、狭い彼の自宅にやって来た。町内の者はもとより姉ケ崎や松葉会の組員たち、自民党院外団の幹部たち、付き合いがあった財界人、浅草興行界の人々から名も知られていないような場末の劇場で働く芸人たちも、入れかわり立ちかわり東五郎の枕元に座って焼香し冥福を祈った。

「急だったので、驚いたなあ」と言って、玄関横の部屋に入って来た恰幅のよい人物があった。彼は周囲の者に、「児玉誉士夫の若い者です」と風格のある物腰で通夜の客に挨拶をした。「このところ、兄弟が次々に亡くなって、あとは佐竹の兄弟（入村貞治）と私くらいしか残っていない。また、寂しくなります」という老侠の眸にはきらりと光るものが見えた。一見何処か一流会社の社長か会長のように見えるその人物が、東とも兄弟付き合いをしていた岡村吾一であった。

少し窶れて肌の艶を失いかけていたが、東五郎は浅い眠りをつづけているかのように微笑みを浮かべて、頬はうっすらと紅をさしたように見えた。

——兄弟たちが、あんまり来い来いと呼ぶものだから、さぞいい女がいる所だろうと思ってやって来たぜ。

と、山本や藤田に語りかけているようだ。

東五郎はヤクザではなかったが、それゆえにこそ彼の侠骨は人情と侠気の街浅草で愛された。戦前は興行界の名プロデューサーであり、戦後は自民党院外団の最高幹部であり、ともに華やかな舞台の奥役に徹して不思議な足跡を残して逝った。関係が深かった姉ケ崎連合から、盛大な本葬を営みたいと申し出もあったようだが、遺族は丁重に断って東家の密葬で彼の幕を閉じる事にしていた。出典はさだかではないが、「修善楽道」というのが、東五郎が愛した言葉だったという。

「おやじさん。どういう意味ですか」と尋ねたあるヤクザに、東五郎はさかさに読んで「ドウラク、ゼンセイ」と教えた事が伝えられている。

浅草橋場に生まれ、ペラゴロからモダン・ボーイを経て、侠気を洒落っ気で隠した生涯であった。

解　説

森功

　あらゆる組織、団体には表と裏の顔がある。政党や企業、宗教法人、労働組合にいたるまで、どこにでも汚れ役を引き受ける裏部隊が存在してきたが、裏の顔だけに、一般にはあまり知られていない。自民党における院外団《いんがいだん》はまさしくそんな裏部隊であり、今も存在する。

　1955年11月のいわゆる保守合同により、自由党と日本民主党が合体して自由民主党が誕生した。と同時に、それぞれの院外団が統一された。それが自民党同志会《どうしかい》だ。創設者は党の副総裁まで務めた大野伴睦《おおのばんぼく》で、初代会長には元衆議院議員の海原清平《かいはらせいへい》が就任した。

「バンボク殺すにゃ刃物はいらぬ、大義《たいぎ》大義といえばよい」

　自民党総裁を目前にしてライバルの岸信介《きしのぶすけ》に裏切られた大野は、文字通り義理人情に篤《あつ》い党人派の大物議員で、長らく同志会の後ろ盾となってきた。現・読売新聞グループ本社代表取締役主筆の渡辺恒雄《わたなべつねお》が駆け出しの政治記者時代から、「オヤジ」と慕い、折に触れて相談してきた相手でもある。いずれ総理大臣になるとまでいわれてきた大野は、自民党の表看板となる吉田茂《よしだしげる》や岸信介、池田勇人《いけだはやと》といった官僚派の歴代首相と一線を画した。

院外団の自民党同志会には、大野を頼って右翼や元暴力団など裏社会の大物が集った。一方で、55年体制で政権を担ってきた自民党は、彼らにさまざまな裏処理を頼んだ。

私自身、政界の疑獄《ぎごく》事件を取材する過程で、何人もの自民党同志会関係者と出会った経験がある。自民党の議員を取材していると、とつぜん同志会の会員を名乗る人物から電話がかかってきたり、ときには実際に取材現場で同志会のメンバーに出くわしたこともあった。彼らの多くは「自由民主党同志会顧問」なる名刺をもっていて、連絡先が自民党本部となっていた。なかには指定暴力団の元幹部もいる。本書を読むと、そんな得体の知れない怪人物《かいじんぶつ》の記憶が蘇《よみがえ》り、なんとなく懐かしさを覚えた。

本書の主人公である東五郎《あずまごろう》は、その自民党同志会の草創期に幹部として活躍したという。東もまた怪しげな雰囲気を醸し出す。実際、特異な人生を歩んでいる。

本書『総理を刺す　実録・岸信介襲撃刺傷事件』（初刊時のタイトルは『戦後史秘話　総理を刺す――右翼・ヤクザと政治家たち』）の前作『奈落と花道　奥役《プロデューサー》東五郎の半生』は、

その東五郎の生まれ育ちに詳しい。1904（明治37）年に生まれ、本姓を塚本《つかもと》といった。塚本家はもともと江戸時代の徳川家の御家人《ごけにん》で、父親は相当な財産を相続したという。明治維新後、浅草「今戸焼《いまどやき》」の窯元《かまもと》として鳴らした一方、女遊びが激しく、五郎には腹違いのきょうだいが数多くいた。五郎は父親の血を引いた、と著者・正延哲士《まさのぶてつし》は『奈落と花道』に書く。

早熟の五郎は中学生時代から吉原の遊郭《ゆうかく》や伝法院《でんぼういん》通りをはじめとした浅草界隈の繁華街をうろついた。ガールフレンドを連れ歩いていたとき、因縁をつけられてナイフで相手を刺して中学を退学になる。浅草六区を徘徊《はいかい》していた頃の不良仲間が、のちに関東姉ケ崎《あねがさき》一家の四代目総長となる山本五郎《やまもとごろう》であり、彼もまた自民党同志会に深くかかわるようになる。

浅草に生まれ育った東は、大正モダンの演芸ブームに憧れ、芸能興行の世界に足を踏み入れた。当時の浅草ではオペラが流行し、関東大震災の起きるまで全盛期を迎えた。東は浅草六区の興行師、根岸吉之助《ねぎしきちのすけ》の始めた芝居小屋「金龍館《きんりゅうかん》」でコーラスボーイとなり、同じ明治37年生まれのエノケンこと榎本健一《えのもとけんいち》らと出会う。青山の小さなカバン屋に生まれた喜劇王エノケンもまた、家出を繰り返して芸能界入りした不良少年だった。浅草オペラ「根岸大歌劇団」の人気俳優だった柳田貞一《やなぎだていいち》に弟子入りし、金龍館でデビューしている。また、ヴェルディの歌劇「アイーダ」に出演した田谷力三《たやりきぞう》も浅草オペラの男優として売り出した。『奈落と花道』では、そうした浅草オペラの有名タレントと東との華やかな交流を描いている。もっとも東自身は俳優ではなく、当時、奥役《おくやく》と称されたプロデューサーの道を選んだ。

芸能興行の世界は長いあいだ、裏社会とは切っても切れない不可分の関係にあった。プロデューサーの後ろ盾となっているのが大物暴力団組長というパターンは珍しくもなく、組長が事実上、芸能事務所を経営していたところも少なくない。

明治維新から大正にかけたこの時期、浅草六区は日本の芸能興行の最先端を走っていた。浅草で芸能プロデューサーとなった東のまわりには、先の山本五郎のように暴力団の親分として名を轟《とどろ》かせた者もいる。おかげで当人も興行の世界で大きな顔ができたのであろう。東は女優の綾子《あやこ》と結婚し、芸能界で頭角を現わしていく。

浅草の芸能興行は1923（大正12）年の関東大震災を機に様変わりした。根岸大歌劇団の金龍館が焼失し、浅草の劇場は昭和に入って「電気館」のレビューが流行する。根岸大歌劇団に代わり、東京で芸能興行を成功させたのが松竹で、東は松竹へ入り、プロデューサーとしてレビューやオペラを手掛けていったが、やがて太平洋戦争の戦渦《せんか》に翻弄《ほんろう》され、終戦を迎える。

本書『総理を刺す』は、そんな東五郎が戦後、自民党同志会の旗揚げにかかわり、そこから自民党政治に力を貸していった様を描く。裏社会との親和性の高い芸能興行の世界で揉まれた東五郎は、政治の世界に首を突っ込んだ。そのきっかけが自民党同志会の結成であったという。

三代目組長を襲名した田岡一雄《たおかかずお》は終戦後、山口組を日本最大の暴力団組織にした。警察当局はその原動力が芸能興行と港湾事業を収益の2本柱に据《す》えてきたことにあると見てきた。実際、田岡は二代目組長の山口登《やまぐちのぼる》が立ち上げた興行会社を「神戸芸能社《こうべげいのうしゃ》」と改め、若衆たちも親分の方針に従って芸能興行に鎬《しのぎ》を求めていった。ちなみに1990年前後のバブル当時、日本一の金持ちヤクザと称された五代目山口組若頭《わかがしら》の宅見勝《たくみまさる》は、1965（昭和40）年に大阪・ミナミ千日前《せんにちまえ》の銭湯の2階に「南地芸能社《なんちげいのうしゃ》」を立ち上げている。当時、宅見の親分だった山口組系福井組《ふくいぐみ》の福井英夫《ひでお》が「西日本芸能社」を設立したことに倣《なら》ったものだ。

東五郎は興行師としてそんな暴力団社会の住人と濃密に付き合ってきた。

〈敗戦後、山本五郎や藤田卯一郎《ふじたういちろう》が、大親分と呼ばれるようになる過程で、東五郎の周りには多くの友人が出来た。それは、敗戦期の裏面史の主役ともいってよい顔ぶれだった〉

本書で著者の正延はそう書いて裏社会のネットワークを紹介している。その一人が前述した姉ヶ崎一家四代目総長の山本五郎であり、藤田卯一郎もまた、東にとっては不良少年時代からの盟友だ。向島《むこうじま》で藤田軍治《ぐんじ》として売り出したのちの松葉会《まつばかい》会長である。本書では、三代目山口組組長の田岡も東の友人の一人として登場する。

〈テキヤ系の親分が多いのは、山本の兄弟分から摘出したからである。東京の親分衆の中に、神戸の田岡一雄が名前を連ねているのが異色である〉

　この裏人脈ネットワークには、児玉誉士夫《こだまよしお》に兄事《けいじ》してきた暴力団「北星会《ほくせいかい》」会長の岡村吾《おかむらご》一《いち》も出てくる。戦中、日本海軍の特務機関で荒稼ぎした財宝を自民党の結党資金に用立てたとされる児玉は、終戦後に宗旨替《しゅうしが》えして米進駐軍（ＧＨＱ）と通じ、ロッキード事件で米中央情報局（ＣＩＡ）のエージェントとも目された。

　児玉は終戦５年後の１９５０（昭和25）年に朝鮮戦争が始まると、ＧＨＱのレッドパージ政策の下、左翼・共産主義に対抗すべく日本の暴力団統一構想を打ち出す。岡村率いる北星会をはじめ、藤田の松葉会、阿部重作《あべじゅうさく》の住吉会《すみよしかい》、稲川角二《いながわかくじ》（聖城《せいじょう》）の錦政会《きんせいかい》（のちの稲川会）、梅津勘兵衛《うめづかんべえ》の関東国粋会《かんとうこくすいかい》などの暴力団がこの児玉構想に賛同し「関東会」として集結する。全国制覇を目論んだ山口組の田岡はこれに応じずに袂《たもと》を分かったが、その後、児玉と和解する。児玉が反共の防波堤として目をかけていた東声会《とうせいかい》会長の町井久之《まちいひさゆき》（本名・鄭建《チョンゴ》永《ニョン》）が、田岡の舎弟《しゃてい》分となった。

　芸能興行と裏社会がもたれ合ってきたのと同じく、終戦後の混乱期から復興期には、政界や財界も彼らを頼った。そんな政官財と裏社会の住人たちの交差点には、芸能プロデューサーもいた。それが東五郎にほかならない。

もとより東本人は暴力団組織に在籍したことはない。半面、浅草の不良少年時代からの遊び友だちである山本五郎率いる姉ケ崎一家や藤田卯一郎の松葉会の顧問という肩書ももっていた。政官財の重鎮たちは、組織の人間ではない東のような、ある種、曖昧な存在は、重宝したに違いない。そうして東は、自民党同志会の初代会長になる海原清平に誘われ、院外団の結成メンバーに加わったという。

海原は戦前、立憲政友会の代議士であり、終戦後、鳩山一郎《はとやまいちろう》の結党した日本自由党や日本民主党に賛同し、院外団に籍を置くことになる。55年体制で保守合同が実現すると、党人派の大野伴睦の指示で自民党同志会会長となり、東五郎と行動をともにしていく。東は姉ケ崎一家の山本をはじめとした裏社会の盟友たちを同志会の活動に協力させた。その旗印は反共産主義であり、自民党の保守派議員たちは彼らを反共の防波堤としたのである。

本書では、その自民党同志会の活躍のクライマックスとして、岸信介政権における1960（昭和35）年の日米安保闘争を描く。自民党は米大統領のアイゼンハワー来日で予想されるデモ隊を阻止すべく、同志会の猛者《もさ》たちを投入した。世が騒然となるなか、安保改定を成し遂げた首相の岸は退陣する。岸は同志会を率いた大野伴睦を後継首相に指名すると密約するが、約束は反故《ほご》にされた。

そして総理官邸内で岸刺傷事件が起きる。犯人は児玉系の右翼団体幹部であり、岸に憤慨してきたという。それはなぜか。自民党政治の裏で何が起きたのか。

詳しくは本書に譲るが、事件の背景には自民党内における党人派と官僚派の熾烈《しれつ》な権力闘争も見え隠れする。政官財と裏社会の狭間で生きてきた芸能プロデューサー東五郎は、吉田茂内閣で司法大臣を務めた木村篤太郎《きむらとくたろう》の薦めにより保護司になり、その功績により藍綬褒章《らんじゅほうしょう》まで受けている（受勲時の姓は河端）。自民党政治の暗黒史を実体験してきた稀有《けう》な存在といえる。

――ノンフィクション作家

本書は一九九一年三月三一書房より刊行された『戦後史秘話　総理を刺す―右翼・ヤクザと政治家たち―』を一部修正のうえ、副題を変更したものです。

※本書には、今日の人権意識に照らして不当・不適切と思われる語句・表現が使われておりますが、時代背景と作品価値に鑑み、それらの修正・削除は行っておりません。

幻冬舎文庫

●最新刊

謎解き広報課　わたしだけの愛をこめて

天祢　涼

よそ者の自分が広報紙を作っていいのかと葛藤する新藤結子。ある日、取材先へ向かう途中で町を大地震が襲う。広報紙は、大切な人たちを救うことができるのか。シリーズ第三弾！

●最新刊

情事と事情

小手鞠るい

浮気する夫のため料理する装幀家、仕事に燃えるフェミニスト、若さを持て余す愛人。甘い情事の先に醜い修羅場が待ち受けるが——。恋愛小説の名手による上品で下品な恋愛事情。その一部始終。

●最新刊

終止符のない人生

反田恭平

いたって普通の家庭に育ちながら、ショパンコンクール第二位に輝き、さらに自身のレーベル設立、オーケストラを株式会社化するなど現在進行形で革新を続ける稀代の音楽家の今、そしてこれから。

●最新刊

脱北航路

月村了衛

祖国に絶望した北朝鮮海軍の精鋭達は、拉致被害者の女性を連れて日本に亡命できるか？　魚雷が当たれば撃沈必至の極限状況。そこで生まれる感涙の人間ドラマ。全日本人必読の号泣小説！

●最新刊

できないことは、がんばらない

pha

「会話がわからない」「何も決められない」「今についていけない」——。でも、この「できなさ」こそ、自分らしさだ。不器用な自分を愛し、できないままで生きていこう。

GENTOSHA OUTLAW BUNKO

総理《そうり》を刺《さ》す

実録《じつろく》・岸信介《きしのぶすけ》襲撃《しゅうげき》刺傷《ししょう》事件《じけん》

正延哲士《まさのぶてつし》

令和6年11月10日　初版発行

発行人――石原正康
編集人――高部真人
発行所――株式会社幻冬舎
〒151-0051東京都渋谷区千駄ヶ谷4-9-7
電話　03(5411)6222(営業)
　　　03(5411)6211(編集)
公式HP　https://www.gentosha.co.jp/
印刷・製本―株式会社　光邦
装丁者――高橋雅之

幻冬舎アウトロー文庫

ISBN978-4-344-43433-2　C0195　O-21-5

この本に関するご意見・ご感想は、下記アンケートフォームからお寄せください。
https://www.gentosha.co.jp/e/